岡山の文学

令和元年度岡山県文学選奨作品集

はじめに

岡山県文学選奨は、文芸創作活動の普及振興を図るため、昭和四十一年に創設されたもので、今回で五十四回を迎えました。審査員をはじめ関係の皆さまには、作品の募集から選考、作品集の発刊に至るまで、格別のご理解とご協力を賜り、心から感謝申し上げます。

この文学選奨は、これまでに二万人を超える方々に応募いただいており、文芸を志す県民の皆さまにはひとつの目標になっております。今回も、小説A、小説B、随筆、現代詩、短歌、俳句、川柳、童話・児童文学の八部門に、幅広い年齢層の方々から四百四点の応募をいただきました。日々の暮らしや身近な題材を描き出したものや、現代社会の抱える問題をテーマにしたものなど、いずれの作品も、豊かな感性を多彩な表現力でとらえた力作ぞろいでした。

本書は、これらの中から選ばれた入選三点、佳作四点、準佳作三十三点の合計四十点の作品を収録したものです。

文化芸術には、心を豊かにし、暮らしに潤いや生きる喜びをもたらしてくれると同時に、地域を元気づける力があります。県では、県政推進の羅針盤である「新晴れの国おかやま生き活きプラン」の下、すべての県民が明るい笑顔で暮らす生き活き岡山の実現に向けて、文化の薫りあふれる魅力ある地域づくりに一層力を注いでまいりたいと存じます。

この「岡山の文学」につきましても、県民の文芸作品発表の場としてさらに充実を図り、地域文化発展の一翼を担いたいと考えております。

本書を、多くの県民の皆さまがご愛読くださいますよう念願し、発刊に当たってのごあいさつといたします。

令和二年三月

岡山県知事　**伊原木　隆　太**

岡山の文学・目　次

はじめに
随　筆
入　選　『父の戦友』　松村　和久　10
現代詩
佳　作　『古書店』『古寺院』『古民家』　松村　和久　20
佳　作　『手』『別れ』『別離』　岡崎　浩志　32
準佳作　『ムクゲ』『ヒマワリ』『アサガオ』　武田　章利　38

目次

〃　『月の喉』　行吉　正一　49
『岩の耳』
『春の指』
〃　『I have a bicycle.』　武田　理恵　56
『青い海の島』
『遺書』

短歌

佳作　『秋の雄蜂』　岡田　耕平　66
佳作　『それぞれの夏』　大武　千鶴子　68
準佳作　『感動だわ　感動だわ』　赤澤　光子　70
〃　『運転免許証返納』　難波　扶実子　72
〃　『鳴けない夏』　安住　玲那　74
〃　『シリウスの子犬』　雨坂　円　76
〃　『将棋』　深井　克彦　78
〃　『レプリカの埴輪』　宮本　加代子　80
〃　『秋は来にけり』　松本　ルリ子　82

〃　『如月の雨』　池田　清美　84
〃　『雨の旋律』　岩藤　由美子　86
〃　『上つ弓張』　森　光子　88

俳句

入選　『球児の夏』　山本　一穂　92
準佳作　『さくら貝』　花房　典子　94
〃　『待春』　米元　ひとみ　96
〃　『楽譜』　三好　一彦　98
〃　『立葵』　髙村　蔦青　100
〃　『女優』　名木田　純子　102
〃　『桃二つ』　三沢　正恵　104
〃　『竹の秋』　柏原　茂子　106
〃　『秋桜』　黒瀬　美智子　108
〃　『半眼』　黒瀬　紘子　110
〃　『会陽』　勝村　博　112

川柳

入選　『絶滅危惧種』　十河　清　116

目　次

準佳作　『四コマ目』　宮本　信吉　118
〃　『生きた』　田村　文代　120
〃　『踏まえる』　永見　心咲　122
〃　『昼の月』　灰原　泰子　124
〃　『願い』　鳥越　舞　126
〃　『運転免許返納』　難波　扶実子　128
〃　『はずみ』　金田　統恵　130
〃　『ある二人の夏』　染宮　汐里　132
〃　『尖る』　菅田　陽子　134
〃　『とりあえず』　近馬　秀嘉　136

審査概評　140

岡山県文学選奨年譜一覧　151

第五十四回岡山県文学選奨募集要項　205

装幀　高原　洋一

随筆

■入選

父の戦友

松村　和久

一

昭和四十四（一九六九）年というと、今からちょうど五十年前になる。この年は私にとって大切な年だった。高校三年生になっていたからだ。私の通う玉野高校は、当時、岡山県下では有数の進学校だった。学力別のクラス編成だったのと、実力テストの上位五十名の名前が廊下に貼り出されたのが印象に残っている。

私はクラブ活動で剣道部に属していたが、あまり熱心ではなかった。部活に出た日は、稽古が終わると真っすぐに和田の自宅に帰り、そうでない日は、築港銀座の中の書店に立ち寄り問題集を物色した。

その頃の玉野市は、宇高連絡船への乗り継ぎ客の怒涛の移動と、造船所へ通う労働者の自転車の洪水が名物となっていた。また、夏には白砂青松の渋川の渚を、おびただしい数の海水浴客が埋めた。玉野市は、まさに殷賑を極めていたのである。

しかし、私にとってそれらはモノクロの背景に過ぎず、まだ見ぬ大学こそが総天然色の「聖地」であると信じていた。大学への期待が私を受験勉強に駆り立てていた。兄も姉も大学へは行かなかった。私が松村家で大学に行く最初になるということで、親の期待も大きかったのである。

父は私が中学三年生の時、普通高校に行くか工業高校に進むかで迷っていた私に次のように言った。

「普通高校へ行くのはいいが、私立大学に行かせる金はないぞ」

当時、国立大学の授業料は、年額で一万二千円だった。吝嗇な父がこの安さを見逃す筈はなかったのだ。

一人の若い女性が剣道場に現れたのは、高校三年の夏休みが終わって間がない頃である。

その女性は数回にわたって稽古を見に来た筈だ。部員の目は自然にその女性に注がれた。二十歳を少し過ぎた年の頃で、ぱっちりした目とぽってりと厚い唇が、小さな瓜実顔に行儀よく収まり、愛らしい。女優の八千草薫に似ている。背は高くないが、均整のとれた肢体で、高校男子の視線を集めるには十分過ぎた。女性は、稽古の途中にやってきて、最後までいることはなかった。部員の間では、稽古が終わるとその女性の話で持ち切りになったが、誰も正体を知らない。「卒業生ではないか？」というのが大方の予想だったが、それなら名乗ってもいい筈だ。

私が部活をさぼったある日のこと、その女性が来た。そして、見学していた部員と初めて口を利いたらしい。

「松村君は、今日は来ないのですか？」

「松村君は、剣道は強いのですか？」

私はその時以来、「色男」というレッテルを貼られ、当分の間冷やかされることになった。

私は、この身に覚えのない女性のことを母に話した。父は造船所の保安の仕事で、家と会社で一日おきに寝起きしていたが、その日は出勤日で家にはいなかった。もし、父が家にいたら話さなかっただろう。父は、家にいる日は渋面でいることが多く、俳句を詠んだり、小説を書くことに余念がなかったから、私には煙たい存在であった。

「へえ、和ちゃんもてるじゃない！」

母まで私を揶揄したのを覚えている。

結局、それ以来、その女性は姿を見せなくなった。

そして、私の高校時代は終わる。父は、学費も免除の上、手当までくれる防衛大学へ行かせようとしたが、私は自衛官になる気などなかったので拒否し、県外の国立大学二期校へ進学した。

あの女性は、私の灰色の時代の庭に咲いた一輪の花であったが、ふるさとを離れて暮らすうちに、記憶の闇へと沈んで行った。

二

私が五十歳の時、父がタイに行きたいと言い出した。父はこの時八十六歳だったから、「最後の望みを叶えてあげよう」という思いでつきあうことにした。この旅行は、長年聞きたくても聞けないことを聞くチャンスでもあった。それは父と母とのなれそめである。

母の家は江戸時代から続く古い家で、玉野の和田地区にかなり不動産を持っており、吉澤家と言えばこの辺りでは名が通っていた。末っ子だった母は、兄の急死により、戦時中に婿を迎え息子を産んだ。直後に婿は出征し、南方戦線で戦死した。墓には戦病死とある。

父は岡山県北部の山村に生まれたが、すぐに両親と死に別れ、叔父夫婦に育てられた。子供の時は鉛筆一本買ってもらうのも気兼ねしたという。二十歳で海軍に入り、終戦と共に復員し、造船所に就職した。その時下宿したのが、吉澤家の離れだった。

やがて、大家の娘である母と下宿人の父とが結ばれる。ここまでは知っていた。問題は、なぜ父が瘤付きの未亡人と結婚したかということだった。父は言った。

「おばあさんじゃ。おばあさんが夜になるとやってきて、不動産がぎょうさんあるように言うし、根負けしたなぁ」

母の母すなわち私の祖母は、私が十五歳の時に亡くなった人だが、私は祖母の押しの強い性格を知っていたので、これ以上は追及しないことにした。

タイ旅行の三年後に父は他界する。もう少しで卒寿だった。父の葬儀の後で、母が耳を疑うことを口にした。

「おとうさんは私と結婚する前、少しの間だけど、よそへ婿養子に入っとったんよ。八浜の方と聞いたことがあるわ。舅との折り合いが悪かったようよ。おとうさんは不器用だから」

「ほんなら、おとうさんはバツイチということ？」

「そうよ、おまけに子供も一人おったんよ。でも、前の奥さんもその子供ももう亡くなったんよ。私と結婚しても、婿養子に入らんかったのは、自分の姓がころころ変わるのが世間体が悪かったみたい」

「世間体か？　確かに短期間に、松村から養子先の姓に変わり、松村に戻り、また吉澤に変わるのは男として情けないわ」

　私は、その時やっと長年の謎が解けた気がした。父は初婚ではなく、母とは境遇のよく似た者同士だったのだ。

　父の相続の手続きを私がすることになった。私には八歳上の兄と二歳上の姉の他に五歳下に妹がいる。兄は母の連れ子であり、亡父と母の長男は私だ。父名義のものは、預金のほかに駐車場や借家もある。それらの相続手続きをしなければならない。私は司法書士に書類の作成を依頼した。

　すると驚くことが判明した。父の先妻も一人っ子の娘も既に死亡しているのは母の言う通りだったが、問題はその娘に一男二女の子供がいることだった。父は先妻との間に三人の孫を持っていたのだ。

　民法では、先妻の子供が亡くなっている場合、孫に代襲相続権があるらしい。私は目の前が真っ暗になった。母に事情を話したが、母も驚いていた。母は私と同様、民法には何の知識もなかった。

　私は弁護士をたずねた。わらにもすがる思いだった。弁護士は海千山千のベテランらしく、自信を持って言った。

「心配はないと思います。あなたを単独相続人とする遺産分割協議書を作成し、署名と捺印をしてもらえばいいです。普通の人はしてくれるものです」

「ひとごとだと思い簡単に言いよるなぁ」と私は思ったが、意を強くしたのも事実だった。問題は相手が普通の人かどうかということだった。普通の人でも金に困った人はいる。また、相続財産を目の前にして人間が変わるということも大いにありうる。何と言っても民法で定められた代襲相続人が相手なのだ。

私は悩んだ末に、先方に体当たりすることにした。長ドスを腰にさした健さんの姿がまぶたに浮かんだ。父の孫で長男という人は、倉敷市の閑静な住宅地に家があった。日曜日だったので、この家の主人らしい若い男の人が応対に出た。私は自分の素性を述べた上で、訪問目的を告げた。男の人は私に言った。丁寧な口調だった。

「そういうことはよくわからないので、父と相談してみます」

翌日、その男の人の父親という人から電話があった。

「おとうさんは亡くなられたのですか。それなら必要書類を持って来て下さい。署名と捺印をしますから。こちらも印鑑証明書を取ったりするので、準備ができたらまた電話します」

次の電話がかかってくるまでが、とてつもなく長く感じられた。そして、ついに電話があった。最初の電話から十日目ぐらいだったと記憶している。

福山市の小高い丘の上に、電話の主である早瀬氏の家はあった。同氏は六十歳前後の年恰好で、如才ない人だった。リビングに通じる廊下には、役所らしいロゴの入った書類が積まれていた。先日の男の人と二人の若い女の人は既に来ていた。

父の三人の孫は、自分の名前や生年月日、住所まで書かれた書類を私が提出したので驚いていたが、すんなりと署名捺印をしてくれた。私は、はやる気持ちを必死に抑えて薄謝を手渡した。

その後、早瀬氏は六年前に五十一歳で亡くなった奥さんの話をしてくれたが、私は上の空だった。奥さんの美弥子さんは私の姉に当たるが、母親も違うし全く付き合いのない人である。それより、一刻も早くこの家から出たかった。リビングを出る時、別室の鴨居の上に美弥子さんらしい写真が見えた。しかし、足を止めようとも思わず、そそくさと早瀬邸を後にした。私は、飛ぶようにして実家へ行き、母に書類を見せたのを覚えている。

三

父が死んで二年後に母が亡くなった。母は八十五年の生涯を和田の家から一歩も出なかったことになる。

母の死から十年後の平成二十九（二〇一七）年、父の十三回忌を行った。今から二年前の春爛漫の季節である。

この法事の後、姉が突然言い出した。姉は長年躁鬱病に苦しんでいたが、この時は体調が良さそうだった。

「和ちゃん、いつだったか、おねえさんの家へ行ったことがあったわね？」

「おねえさん？　誰のことでぇ？」

「おとうさんの最初の奥さんの娘さんじゃが」

「ああ、あの人のことか、それがどしたん？」

「私、どんな人か知りたくなったの」

「知りてぇ言うたって、とっくに死んどるが」

「写真を見たり、ご主人に話を聞いたりできるがぁ」

言い出したら聞かない姉だ。体調のいい時に何でもしたいというのは理解できるが、私はうんざりした気持ちになった。だが、二カ月後には私の娘の結婚式も控えていた。姉のたっての願いを断ると後がめんどうだ。しぶしぶ引き受けることにした。

私が早瀬氏に電話すると喜んでくれた。翌週、姉を車の後部座席に乗せて、福山に向かった。十二年ぶりに会う早瀬氏は、髪こそ白くなっていたが元気そうだった。市役所を退職して、趣味の盆栽にはまっていた。私が久闊を叙し過日の礼を述べると、思いもかけない返事が返ってきた。

「役所にいる時は相続の話はよく聞きましたよ。それにあなたのおとうさんにはよくしてもらいましたから」

「それはどういうことですか？」

「今だから言いますが、結婚の時、家内はかなりのお祝いをもらっていたし、子供ができた時にもお祝いを持って来られましたよ。それから家内が病気の時も見舞いに来られました。私も三、四回会った記憶がありますが」

私は初耳だった。「あの渋い父が」と思った。そしていつか母が言ったことが脳裏を駆け抜けた。

「おとうさんは、広島に戦友がいるんよ」

父に戦友がいてもおかしくはない。「戦友に会いに行く」と母に言って、「実は娘に会っていたのではないか？」と私は直感した。

「前に来た時にはその話はしてくれませんでしたね」

「あの時は、子供も来ていましたから。それにあなたも急がれていましたから」

「そうでしたか。それはどうも」

「でもあの時言わなかったのは、あなたには言わない方がいいと思っていたためです。あなたのおとうさんも、あなた方に知られるのをすごく気にしていましたから。でも今はもう時効ですから」

その時、隣で聞いていた姉がしびれを切らして言った。

「私達のおねえさんの写真を見せていただけませんか？」

早瀬氏は快諾して、押し入れからアルバムを数冊引き出した。最初に見せてくれたのは、早瀬夫妻の結婚式のものだった。これを姉と一緒に見ていた私は戦慄した。

新郎の隣で微笑む花嫁は八千草薫に似ている。写真の日付は昭和四十四年九月二十一日となっている。昭和四十四年というのは、私が高校三年生の時ではないか。私の閉ざされた記憶の扉が開けた瞬間だった。

あの時、剣道場を訪れた女性は、父の娘の美弥子さんだったのだ。美弥子さんは結婚で玉野を離れる前に、弟の私に会いに来たのだろう。計算すると、年齢は二十二歳だったことになる。おかあさんとおじいさんの三人家族で育った美弥子さんにとって、弟に興味を持つのは至極当然のことかもしれない。

また、私が母に謎の女性のことを話して以来、その人は私の前から消えた。おそらく母からその話を聞いた父が、美弥子さんに注意したのだろう。「受験が近いから息子に刺激を与えないように」と。

四

あの衝撃から私は父のことを詳しく調べ出した。俄然、父の生涯に興味が湧いてきたからだ。

最初に、父が死ぬ直前までの二十年間、氏子総代をしていた神社に行った。父と親交のあった宮司は、父の名前が刻まれた玉垣と献灯籠に案内してくれた。今の金額にすると、総額で八十万円程度の奉賛になるという。私が小学生の頃、父は夕食の食材の値段を必ず母に聞いていた。また、懐中時計や旧式の自転車を大事そうに使用していた。安月給の身で七人もの家族を養うには、それらのことは避けて通れないことだったのかもしれない。

父は吝嗇ではなく倹約家であり、節倹の人だったのだ。進学時の私への厳しい注文は、大学へ行かしてやれなかった義理の息子、私にとっては秀才の兄への配慮だったに違いない。私は父のことは何もわかっていなかったのである。

次に、厚生労働省に父の軍歴を問い合わせたが、三カ月もたってから、当時の人事記録のコピーが送られてきた。一枚の用紙の両面にびっしりと時系列で書かれている。それによると、昭和二十年二月二十八日の記事は次のように記されている。

「マニラ残留隊員トシテ本隊へノ補給連絡任務ニ従事中敵米軍ノマニラ来攻ニ會ヒ爾来連絡杜絶セシニ依り戦死認定（海軍上等兵曹特進）」

この記事は一本の赤線で消され、その後の記事で、「マニラ近郊ノ山中デ自活シテ生還シタ」とある。

子供の時、風呂で見た父の体には、銃創やら切り傷やらが散見した。また、右の耳の聴力がほとんどなかったが、これは爆風のためと聞いたことがある。父は正真正銘、九死に一生を得て生還したのだ。

父が戦争で死ななかったのはほんの偶然に違いない。復員して養子に入ったのも偶然なら、養子縁組を解消して母の実家に下宿したのも偶然のことになる。私が生まれたのは、偶然を幾重にも積み重ねた結果であり、恵まれた老後を過ごせるのも、父や母を含めてご先祖様のおかげである。そう思うと、残された人生を実家の保存や先祖の供養に捧げたい。

先日、令和になって初めてのお盆を迎え、墓参りをした。和田の墓所には、吉澤家の先祖墓と、父が生前に建てた松村家の墓がある。私が死んだらこれらの墓を守る人がいなくなる。そうならないためにも、娘と孫たちにはこれから因果を含めることにしたい。

墓では父の闘病の日々を思い出した。父が肺炎で重篤に陥った時、リューマチを患っていた母は、足を引きずりながら私を御百度参りに誘った。また、父が息を引き取った時に号泣した母は、父の後を追うようにして旅立った。偕老同穴の契りを全うした母こそは、父にとって、悲惨な戦争を生き抜いた「戦友」のような存在だったのかもしれない。

来月は昭和四十四年の九月から数えてちょうど半世紀である。私の灰色の高校生活に唯一彩りを添えてくれたのは、父の「戦友」美弥子さんだ。私が美弥子さんの墓に、香華を手向けに行ったとしたら、あの人は草葉の陰でどんなに驚くだろうか。かつての「紅顔の美少年？」の変貌した姿に失望するだろうか、それとも年を取るにつれて父の顔に似て来たと言われる私に、喜んでくれるだろうか。

是非、サプライズで美弥子さんの菩提を弔いに行きたいと思う。そして五十年前の「不義理」をわびることにしたい。

福山行きのローカル電車の中で笑いを押し殺している父を想像すると、何とも愉快な旅になりそうだ。

作者注　個人情報の観点から仮名を使用しています。

現代詩

■佳　作

松村　和久

古書店

無聊の日には行く所がある
誰も訪れない小さな店だ
自動扉が大儀そうに動く
胸が早鐘を打つ
紙とインクのにおい
謎に満ちた沈黙の世界
人の気配はしないが
あまたの人々が歓喜し
嗚咽する姿が見える

私は絶叫したくなる

この十坪程の空間には
どれだけの真実と虚構があり
どれだけの妄想があるだろう
積み重ねられた知恵の中から
漱石が顔を出している
潤一郎が行く手をはばむ
太宰が千鳥足でからんでくる
私は必死でふりほどく
遼太郎の英雄達を尻目に進むと
周平の侍たちの呻吟が聞こえる

文庫本に目を通していると
どこかで聞いた詩の一節が
隣の書棚から袖を引く
朔太郎や達治のささやきが
郷愁を誘う

光太郎や静雄の韻律が
青春時代に引き戻す
私は我を忘れて
ページをめくる
めくるめく時は過ぎる

夜のとばりが帰宅をせかせる
手垢のついた文豪を小脇に抱え
帰路につこうとする
出口を探すが迷路に入る
途方に暮れていると
一本の蜘蛛の糸が
あかりのする方へ伸びている
そこには頬のこけた男がいて
蘊蓄を傾けながら
有り金を奪おうとする

自動扉を出ると

軍服に身を包んだ三島が
甲高い声で呼び止める
振り返ると
扉が大きな口をあけたまま
未練がましく私を見ている
はやる心がせきたてる
降りしきる雨の中を
傘もささず速足で
四畳半の塒に急ぐ

無聊の明日は行く所がある
明後日もそこへ行く
私に無聊でない日はない
あの空間の中にこそ
あの人と生きた時代が有り
書かれた書物の中にのみ
あの人が生きている
あの人がいなくなってから

そう思わないで生きるなど
私には考えられない

古寺院

如月になると
静かの海に物欲を捨て
西方浄土を訪れる
四国は祖母のふるさと
讃岐平野の片隅には
母の面影をたたえる
菩薩が住む寺がある

朝まだき
長い石段を登る
虫達のうごめきが
草木のささやきが

五感に伝わってくる
境内にたたずみ
五重塔を見上げる
いにしえ人の叡智の結晶が
揺らぐことなく威厳に満ちて
私を奮い立たせてくれる
こけらぶきの文殊堂に入り
天蓋に描かれた龍に臆せず
菩薩にかけより声をかける
「お母さん　しばらくだったね
あれはもう少しでできるよ」

この季節は
張り詰めた空気がいい
花などなくてもいい
私のまぶたには
花を手にした母がいる
私の心には

先祖の物語を書き継ぐ
希望の灯がある
祖母や母の生きたあかしを
子孫に残す夢がある

きびすを返すと
朝の読経の中から
私を呼び止める
なつかしい声がする
振り向くと
誰もいない
天井を見上げると
天蓋の龍は消え
幻燈のスクリーンが現れ
昭和の時代に
私の手を引く母の姿が
映し出されている

この古刹には
私を見守る母の眼差しと
思い出が潜んでいる
来年の今頃には
書き上げた物語を持って
この地を訪れる
それが生きがい
再度文殊堂を振り向き
母に別れを告げる
朝の勤行の声のみが
寒気を切り裂き
どこからか聞こえてくる

古民家

昭和二年に祖父が建てた家
石工職人が心血を注いだ家

この家には
祖父の人生が凝縮され
祖母の人生が垣間見え
巣立った人
病死した人
戦死した人
関わった多くの人の思いが
あちこちに張り付いている

祖父は四国から嫁を迎え
祖母は一男八女を産んだ
一男一女は早世
七人の姉妹が残され
六人の女は嫁に行き
末娘だった母は
外へ出たかった母は
この家で
八十五年の生涯を終えた

この家を恨みながら
母の死後十年間
空き家だったこの家が
私を苦しめた
祖父を祖母を
そして母のことを
なおざりにしていると
私を責める言葉に
日夜追いかけられ
私は必死に否定しながら
この家を憎み続けた

だが　平成の終わりに
草を刈り花壇をつくり
障子を張り替え
談話室やトイレを整備した
昼には高齢の人が集い

時折文学仲間が訪れ
夜には近くの子供達が
塾に通ってくる
この家に人々の話し声が
絶える日はなくなった

今　春爛漫の季節
この家の中庭では
チューリップを見ながら
春の到来を祝っている
多くの人達がいる
この輪の中には
祖父も祖母も母もいる
中学生・高校生・未亡人
姿を変えて紛れ込んでいる
それが誰かはわからない

この過疎の地域に

咲いた最後の一輪の花
この家には
先祖の願いがあり
多くの人の期待と
夢が交錯している
微笑みをたたえ
私に駆け寄る人の顔には
母の面影が揺曳している
もう誰もこの家を恨んではいない
もう誰もこの家を憎んではいない

■佳　作

岡崎　浩志

手

あの手のか弱さ
知らない画を緻密な道に投射する
意識のうちにある無反応を面にして次元を探る
報われない手首の傷が
黒い斑点の思考を蝕んでゆく
覚悟をどこに求める
欲求がさらに点を示し絞り込んで
ある内の放射
展示物は陰
紫のコインが転がって雲の拡がり

砂の流れ
手には蝶がとまることはなく染まっていった例示
虹色のカーテンが揺れる

銀色の目は乾いて
汚れの端で唄っている
布切れが糸状にばらまかれ放射する在りか
見ることなどない
発芽を地から天へと
唄の孤独を知る
ダイナミズムの刻まれる木目がある
静かな地
孤を知った鳥は羽ばたくことなく地に堕ちる
意識は離れ去る意味
予定調和はない
抽象画の意図を探るようなもの
見るだけ

別れ

バランスシートに乗った地球が黒い点に集約されてゆくその構図が好き
真南に向かう車の輪郭を沿い
離れてゆく者たちを手に安置する
物の放擲する力
遮ることのない雨が降る
神のない君は絶対存在で激流に逆らう苔むす石
そんなものはないから
認識は相互的に染まり
意味のない靴の音
うなだれた柳の影に蝶が閃く
懐かしむことはしないよ
距離の離れた石は光で砕けただその在り様を示す
放心が浮かぶ波に
誘う水が怖い
真正面から来るものを追い払いながら空を感じる

在りかを示す座標はない
君はただ漂い海の印を見つけられないでいる
充足する感覚を
心に植えつけ
晴れた早朝だった
それでいいと君が言ったから消滅したのだ
石の礫
樹皮はこびりつき黒く染まる
拡がって意識に
通じていた時の流れは今もありただそれのみでは生きられない
繁みを見る
増殖する木霊の塊
その果て

別離

ボタンの掛け違いから起こった摩擦はあらゆる木の葉を焦がしていった

裸の木は根を腐らせる
瞼の奥の塩辛い感覚は一瞬の味
笑いあった記憶は清流になる
映像は指の先を彫り込め
紅い黴が模造のように現れ消えていた
それを合図に離れてゆく頭
古い時を廻しつづけ瞳の濁りが増してゆく
罪はわからない
鎖につながれた模様の巨人が動き出す
離れた意図がもう固まってしまった
系図は流動する
果汁の雫を滴らせある境を越える
戻ることのない車輪は廻り
光が筋に伸びて
答えはそこにあるのに思うだけで届かない
離ればなれになった蝶の羽だけが舞って
君よ軸を取れ
雫は弾け

地の裂傷を写し取りものたちを踊らせる
夜が刻まれ
醜の塊だけが漂った
うわずった風景が赤に染まるときを思い浮かべ
続かない濃密な根
それが今の分かり合える理由
感覚が孤に立っていた
分かれた枝のさきにいる鳥
さえずる

■準佳作

武田　章利

ムクゲ

うす紫
と、思って立ち止まった、誰かの家の前
小さな門のすぐ横の
異国のようなムクゲの花
僕は見上げる
枝の高いところに咲いている
ひときわ大きな花
手を伸ばして
どうしたって届かないその距離に感じ入る

それは
そのまま僕と夏との距離

すべてのものがどこか遠く
空に行ってしまったような
ここには僕しかいないような――
腕に滲む汗だけが現実感を持って
繋ぎとめてくれている

「夏だなあ」とつぶやくと
隣で君は、「ムクゲだね」と言ってくれた
その声すらどこか遠い気がして
君はさらに
「この花を見ると、南の島にいる気がする」
なんて言うから
やっぱり僕は
夏の勢いに取り残されて
ひとり暑いアスファルトに立っているのだと思った

「ムクゲは平安時代から日本にあるんだよ」
と言ったのは強がり
君は興味なさそうに生返事をして
じっと花を見つめている
好きなのかと訊くと
実はね、と答えてくれた
この花みたいなはかなさなんて
君にはぜんぜんありはしない
だけれど
夏の澄んだ青空が似合うところは
似ているかもしれない
だとしたら
僕の手はいつか
君に届かなくなるのだろうか

「知ってる?
ムクゲの季語って秋なんだって」

急にはっきりと
君の声が頭に響いた
温かい手で僕の手を握り
君は「行こう」と言って歩きだす
慌てて動かした足は
すぐに君の歩調と合ってきて
僕は手を握り返す
「ありがとう」と言おうとして見た君が
すぐ側で笑ってくれていたから
何も言わず、僕も笑った

ヒマワリ

夏は楽園の季節と言う君は
どこかヒマワリを思わせる笑い方をして
地上の憂鬱とは無縁のように
はしゃいでどこかへ行ってしまうのだった

行く途中
どれくらいあるのか訊くと
百万本くらい、と君は言った
その数が想像できなくて
僕は「ふーん」と頷く

雲ひとつない青空の下で
ヒマワリの群生はとてもまぶしく
「たしかに、楽園だ」と、
つぶやいて
それ以上の言葉はでなかった
夏休みのまっただなか
たくさんの家族連れが訪れているヒマワリ畑は
圧倒的に人間よりしっかりと立っていた
どの子供よりもきらきらと輝いて
憧れをまっすぐ見つめるように空を見上げている
たぶん

ヒマワリは手にすることができる
自分も青空のまんなかで
この世界の何よりも強い光を放ちたいという夢を

僕らよりも高いヒマワリ林のなか
君は僕を置いて
ひとりどこかへ消えていく
力強い茎が頬に当たって
思わずよろめく
ヒマワリが
謝ってくることなんてない
だけど
僕らを見ようともしない一途さは
黄色い一枚一枚の花弁を羽に変えるだろう
夏のはるか上空へ飛び立って
きっと
もう
ヒマワリは自分のことを

太陽だと思っている

なんて
そんな空想をしながら
君が戻ってくるのを待つ
時間が
ゆったりと引き伸ばされたような感覚
それでも長いとは思わず
暑さで膨張した世界を
ひとごとのようにずっと見つめていた
遠くで振られている君の手
そこは楽園なのかと、小さく問いかける
何か、声が聴こえて
ヒマワリを見て
それから、急に
君のところまで行けないことに気が付いて
僕は立ち尽くした

アサガオ

今年はだめかと思っていたアサガオが
夏も終わるかという頃に芽をだして
いつの間にか花を咲かせていた
あなたが持って帰ってきた小さな鉢のまま
もう十年以上
夏になると勝手に生えてくる

いつもはスイカや花火の隣で
涼しげに青い花を咲かせていたのに
ヒグラシの声に気を落としたのか
小さな花を遠慮がちにつけて
どこか蔓も元気がない
それでも私は嬉しくて
「咲いたよ」とあなたに伝えると
読みかけの新聞から顔を上げて
「それはよかった」

と、小さな声が返ってきた

控えめな音を鳴らす風鈴は
もうすっかり落ち着いてしまった風を受け
夏をはやくも思い出にしようとしている
「来年も咲くかな」と言うと
あなたは「さあな」と答えて
ふわっと揺れた風が
とても冷たく感じられた

アサガオは
上手に支柱に巻つきながらも
蔓の先は
震えるように何かを求めているみたいだった
風も、蝉も、それからあなたも
みんなどこか諦めたような顔をして
夏の暑さの残り香に浸っているから
来年はやっぱり

もう咲かないかもしれないと
思ってしまう

「咲かなかったら
　新しいのを買えばいいよ」
あなたは
突然そんなことを言って
私を困らせる
先日見つかったあなたの肺がんは
あなたの季節をすっかり狂わせてしまった
「また来年も……」という言葉を奪って
私たちは歪んでいく時間の感覚に恐怖する
「新しいものなんて、いらないから」

そう、言うと
あなたはしばらく私を見つめて、それから

「そうだな」

と、弱々しく笑ってくれた

手を、伸ばしたい
震えるように、私も求める
小さくてもいいから、絶対に来年も……、と
指先で思いを紡ぎながら
最後をあいまいにする

あなたを見つめて、「ねえ」と声をかけて
それから
私たちは時間を止めようとするようにひたすら
互いを見つめ合い続けた

■準佳作

行吉　正一

月の喉

夜道
わたしは
ひとつの月を呑む
苦い玉は
喉を焼いて
ゆっくりと
沈んでゆく
西の空

するとまた
次の月が
満ちてくる
東のビルの
深い谷間に
昇ってくる

蒸し暑く
のど渇いた夜道のわたしは
またひとつ
月を呑む
赤い玉を呑む

その酔いは
深く
そして
はやい

わたしの喉は
月のあばたのように光り
体も
次第に軽くなるようだ

月だけでよい
夜空の
あの熱い玉
だけでよい

ひとりの夜
わたしは
いくつも
月を呑む

岩の耳

岩が
わたしの右耳のすぐそばで
轟音をたて
屹立する

わたしのひろがりを
絶とうとしている

動いてはならぬ
息を凝らし
眼を閉じろ
ここがわたしの
場所と時だ

水をたっぷりと含んだ風
おおきく揺れる木々の枝

右耳は
つめたく濡れてゆき
凍ってゆき
やがて
岩のように
硬くなる

金属のような岩肌が
轟音をたてて
わたしを遮る

夜空に
さらされて
星ぼしのきらめきの蒼さに
さらされて

知らぬまに

わたしは
岩の耳となっている

春の指

わたしのではない
つめたく
かたい指

夜など
てのひらから
それぞれに分かれた指が
ほのかに
光る

蒼い血は
そのなかをめぐり

温まろうとするが
かたい木の芽のように
指は
伸びようとしない

わたしのではない指
しかし
これが
わたしの指

からだの端で
最初に
季節をしる

いつも
そっと
その指にとまるのは誰
わたしをくすぐるのは誰

■準佳作

武田　理恵

I have a bicycle.

なんて読むのかわからない
bicycle ってなんだろう

中1のわたしは恥ずかしくて質問すらできない子どもだった
プリントに書かれたその文を見つめていると
知りたい気持ちがつのる

机間指導でとなりにきた ALT をつかまえた
二十代のアメリカ人男性

ひとさし指で単語の一部を隠しながら　ゆっくりと発音する

bi・・・・・
・・cycle

「あぁ！」音をきけば　すぐにわかる
馴染みのある乗りもの
うれしくて笑顔を返す

長い単語は二つに分けられるんだと
初めて知った日
なんだ、おもしろいじゃないか

　bi は「2つの」
　cycle は「車輪」
　それぞれに　意味がある

わたしは英語を勉強する

するとふしぎと　母国語も好きになる

ことばには意味があり
それぞれの音がひびきがあって
だれかに　なにかが　伝わる

あたたかいふれあいを繋ぐのは
あの日のように
ことばと人

わたしたちには　こころがある
わたしたちには　ことばもある

青い海の島

修学旅行で降り立った　青い海の島
わたしたちは　その美しさに　高ぶるものをおさえられない

平和記念とか壕とか
捨て石、集団自決など
恐ろしいことばが並ぶ
知れば知るほどわたしたちは青ざめ
季節をわすれて　鳥肌が立つ
南へ南へと　ジリジリ焼かれ　追い詰められていく人々を想う

穴にもぐると
奥に陣取るのは兵士で
盾になるのは　この地に産声をあげた者たち
暮らしは壊され
赤子の口は塞がれ
投降は恥だと
命を奪われていった人たち

空は澄みわたり　風がふきぬける
崖の向こうには　太平洋がまばゆく光っているのに

ああ　なぜ　村人は
次々と　とびおりなければならないのか！

この声は――――
声にならずに　海のしぶきにかき消え　藻屑と化す

一体、なにをのみこんできたのか
唾液すら貴重な水分源
カラカラの指が引いたのは
コントローラーのボタンなんかじゃあ　なかった

リセットできない　この重みを
わたしたちは　脈々と血潮に刻むしかない
なんという罪深さか　吐き気が充満する

白い浜辺には　ときおり　骨が波間に現れるという
島の子どもたちは　知っているのだ
ここでなにがあったかを

星の砂に歓声をあげる観光客の横には
静かな目をした島人のことばが
くらげのように　漂っている

遺書

その人は　一通の遺書を書くために
文字を学んだ

何十年と農村で暮らし
足を悪くして動けなくなったとき
自分なら　どうするだろう
なにを想い
だれに　どんなことばを発するのか

残酷な情報量に身を置き

黒板とノートとテストの点数に苛立つ日常
スマホ・PC・タブレットの画面をのぞきつづけて
眼精疲労・ドライアイ・不眠症・
ストレートネック・肩こり・うつ・胃腸炎……
満身創痍で「おはよう」から戦っている

雑踏を恐れたり　孤独に蓋をしたり
不器用なサーフィンでのりきってきても　なお
ふと不安に襲われる

簡単に「しにたい」だとか
「死んだほうがまし」だとか
平気で「くそ」とか「しね」とか
「もう無理」とか
駄菓子のように　やすやすと
小さな手のひらに乗ってしまう　ことばたち
キャンディのように　その口に
愛されてしまうのは　なぜだろう

薄っぺらなわたしたち
土のにおいも　泥の重みも
稲のこそばゆさも　知らない
知ろうとしない
友だちや家族の顔でさえ
見ている気になっている

その人は　家族へしたためる遺書のために
文字を学んだ
生涯で唯一の文
魂のこもったことば

わたしなら
どんなことばを贈れるだろう

短歌

■佳作

秋の雄蜂

岡田　耕平

黒く光るスーツ・ショルダー、床たたくヒールせわしくM女史がゆく

言い出しは伊邪那美《いざなみ》だったイブだった後につづいてころんだ男

ジャッカルの雌の食事の催促は雄の頭を噛んであまえて

奥さんに頭を噛まれて狩りに行くジャッカルの雄　意外とおとな

死を賭してカマキリの雄は求愛す「二都物語」のヒーローに似て

秋の日に大掃除のごとく巣箱より追い出されている雄のミツバチ

小さくとも針持つ雌は猛々し雄を小突いて巣の外に追う

「お父さんよりは長生きしてね」を聞く人の夫君をおもう　秋の雄蜂

※「お父さんよりは長生きしてね」って言はれつつ食む娘のパスタ（小島ゆかり作）

雄を追い出す働きバチは雄の娘《こ》で「個《こ》」も「私《し》」もなくて冬仕度する

この星に住み始めてより二億年、寒くはないか雄という性

■佳作

それぞれの夏

大武　千鶴子

「御前酒」の幟に囲まれ萌ゆる田よ幸せなるや約さるること

無機質へと気配殺して糸見せず蜘蛛なかぞらに時を煮詰める

灼熱にとろけしごとき容《かたち》なし辛夷はうすべに色の実を垂る

ジュースの栓開けずにママの帰り待つ我慢を覚えし小さき項

現代の「玉屋、鍵屋」か花火師を称うるスマホの光がうねるよ

生き甲斐と愛情を込め時として開き直りの九人の献立

これの世とあの世の客に疲れしよ黄泉へと一歩近づきし夏

唱和の声ひとつだになき蟬しぐれそれぞれの夏それぞれの生

声なくば更にいとほし弧を描き蚱《なわ》蟬落ちて羽音のしばし

春蟬から法師蟬まで宿を貸し木染月待つ木下を歩む

■準佳作

感動だわ　感動だわ

赤澤　光子

風にゆるる葉陰に見ゆる大賀蓮つぼみふくらむ濃紫いろに

たつた一輪はじめて咲きし花のこと告ぐよしもなし亡き父母に

盆の客を一輪なれど大賀蓮のうすくれなゐの花が迎へる

盆に供ふ先祖様への御霊供膳施餓鬼にも蓮の葉に盛り供ふ

台風の過ぎたるあとの鴨川は水かさを増し流れの速し

「感動だわ感動だわ」の声もして広がりゆくよ大文字の火

ぬばたまの闇に静かに十六夜の月は五山の送り火照らす

はかなげに消えゆく送り火たましひよゆつくり帰れ黄泉の国へと

夜の明けし如意ヶ嶽なる大の字が喧騒のあとわづか黒ずみ

ああ父母の棲む空にさへ聞こえゐむ晩夏に細く鳴く虫の声

■準佳作

運転免許証返納

難波　扶実子

免許返納の決め手は子らの心配か説得力か迷ひに迷ふ

警察の受付の前覚悟出来遂に運転免許証を出す

購入時これで最後になるかもと奮発したる車種はプリウス

早速に自転車乗りを稽古するもつと上手に乗れていた筈

十年振りの自転車乗りは均衡の感覚取れずペダルの踏めず

タクシーに乗るぞと決めて返納し現実として子孫を頼る

わが車返納時にせしその覚悟遥かに超えて不便切実

自転車の荷台は後ろが安定と頑丈にして籠を取り付く

体操に自転車乗りを取り入れて隣の字まで往復をこぐ

返納し一と月経ちし夢の中駐車場にて愛車を探す

■準佳作

鳴けない夏

安住　玲那

試し斬りするように書く新しい紙に「キライ」と青いインクで

こう見えて昔はダフネだったのさそれぞれわめく落伍者の宴

ヤモリ来て郵便受けにそっと居るどうやらここが彼の避暑地だ

特徴のない顔をして麺運ぶ彼女も夜は寝るのでしょうか

「おえんよ」の響き優しく線を引きあなたは今も他人のままで

この夏も鳴けないでいる蟬のよう羽化する時は選べないのだ

引きずっているね昨日もあの頃もぐずつく空に雲が居座る

目の前にいても私はいないのだスマホをいじる友にいないばぁ

「やるべき」が「やりたくない」に変わりゆく　氷が全部溶けたアイスティー

封をしてまた開いてを繰り返し言いたいことも逃げてしまった

■準佳作

シリウスの子犬

雨坂　円

アンタレスの火　目に閉じこめてシリウスの子犬達へと届けにいこう

北極星はポラリスと言う「ぽらりす」とつぶやけば少し夜空が廻る

満月に暈《かさ》がかぶると兎達地球が見えずさみしいらしい

すみれ色の空に金星（またのなをいちばんぼし）がふわりと浮かぶ

天の川本当は竜です体からはがれたうろこが流星なのです

青空をはがして洗って凍らせて作ったようなゼリーふるふる

真夜中の車窓は僕を映し出す遠くを走る電車を見せず

アスファルトに埋もれたガラスきらきらと光り偽物の夜空生まれる

水溜りの日に鍵を落としたらどこかの空を拓いたような

朝陽から消えてく星よ　星たちよ目立ちたがりな月よさよなら

■準佳作

将棋

深井　克彦

名人の直線的に攻めて行く棋譜を眺める桜咲くころ

角行は隅行きやすし喫茶店で四十男の探せし好手

夢中にて駒を動かしコーヒーは冷え切ってから一応飲めり

盤上で関接技をかけられたごと苦しんで長考しおり

羽生さんならどう指すだろう指先が震えて我は時間切れ負け

負けるたび強くなるんだまだ将棋に一工夫する余地ある気して

敗北しスマホを投げたことがある後で拾って確かめる棋譜

負けることを意識しはじめ我が敵は自分自身と思いて指せり

一人する感想戦はすぐ済んで真水をぐっと飲み干しにけり

最善手を追求するごと日常の世界において今すべきこと

■準佳作

レプリカの埴輪

宮本　加代子

かがまりて薄羽蜻蛉見てゐます悲しくなれば野にくるわたし

玩具館の横の細道その奥には籠れるやうに地蔵がいます

火の見櫓に登りし男アカペラでアリアを歌ふ考古館のそば

いまだなほ人恋しめば湧きいづる涙ありけりまだ生きてゐる
楓の枝《え》をゆるりとわたる青大将はひとの詮索することもなし
レプリカの埴輪といへど眼の奥のくらやみに何か棲みてゐるらし
『潮騒』より出でし栞に十五の時の片恋の男子の名前が書かれ
梓弓春のゆふべの野すみれの花を見てをり迎への来るまで
枇杷いろの十六夜の月を追うてゐる追へば浄土が近づくやうな
白雲が西へ流れて消えてゆくこんな消えかたもいいかと思ふ

■準佳作

秋は来にけり

松本　ルリ子

高所作業ができぬを言うて「シルバー」は垣根の丈を詰めよと迫る

西陽除けの垣根なるにと思へどもとやかう言ふまい怪我はさせられぬ

「来年は咲かんかも知れん」と呟きぬ泰山木をばっさり伐りて後

炎天下の真昼間を来て経を読む僧の早口七分で終はる

裏の戸を開くるや蜂が四匹も飛び込み一瞬恐怖に駆らる

黄と黒の腹部の帯が告げてゐるオオフタオビドロバチといふ名

むしむしと暑き日暮れを唐突に雨の降り来る音あらあらと

暮れてゆく空を番のごまだら蝶がか寄りかく寄りゆらゆらと飛ぶ

日に異にし赤さ増しゆく山椒の実の誘ふや雉子鳩が来る

明け方の冷えたる庭にてのぼりゆくオリオン座を見る秋は来にけり

■準佳作

如月の雨

池田　清美

抽き出しの奥より出でしハーモニカ吹けば息子の幼き音色

乗客の一人だになき市営バス花ふる町をほがらに通る

久しぶり電車に乗りてわが町のホームに立てば麦茶のにおい

い寝られず右向き左向く我に憂さは流せと如月の雨

過疎となる村に残りて田の畔を烏と歩く兄の後姿

ひとり居の兄は留守なり止まりいる柱時計の捻子巻きもどる

追いかけて夫に持たせし洋傘は今どの辺り歩みていんか

異常なしの報らせを持ちて畑にいる夫呼ぶ声は夕陽に染まる

どしゃぶりの後の川辺にさわ蟹がよこよこ歩く我のまねして

空襲忌藩池の中の石橋の下に潜みし学友と我

■準佳作

雨の旋律

岩藤　由美子

育ちゆく時間を共に過ごし来ぬ天にそびゆる皇帝ダリア

採れたての胡瓜トマトの並びゐて夏の厨は饒舌になる

水底に沈む青空めづらしき玩具のごとし終《つひ》ぞ触れ得ず

忙しなく朝の白雲流れゆきほつそりとせし月を残せり

てのひらに包みし想ひこぼれ落つ花の匂ひに甘やかされて

ひそやかな雨の旋律もう右の耳でつかめぬ音となりたり

早起きの雀飛び交ふ遊歩道呪文となりし「今が大切」

屋根よりも高く合歓木《ねむのき》繁りたり花の数とは夢の数かと

早苗田に立ち続けたる蒼鷺の姿勢崩さぬこの夏の朝

笑ふ声重なり合へばひとときは軽やかかに過ぐ立葵咲く

■準佳作

上つ弓張

森　光子

雨音のしげきを破り鳴く蛙《かはづ》くらき草田にひびくその声

雨の降る青田にふたつ石のごと動かうとせぬは鴨かもしれぬ

色とりどりの傘を園児ら標《しるべ》とし小雨の畦を一列にゆく

電柱の影のゆらめく川なれば竪琴のやうな波音もする
川土手のからし菜とうに立ち枯れてあかるし橋の上よりみれば
水草は川の深きになびきつつときをり魚が銀にひらめく
すかんぽを折りゆく媼《おうな》らのさざめきも消えて空にはかみつゆみはり
ひさかたの空ゆ地上に届く雨ぬれつつ覗きこむ顔がある
日回りは荒れ地に仮面のごとく立つ探すものなどどこにもなくて
夕ぐれの虹は雲間にうすれつつ瑠璃色の蜘蛛が糸を吐きだす

俳句

■入選

球児の夏

山本 一穂

柏手に主将の気迫蟬の杜

火蓋切る左腕の初球風死せり

渾名呼びエラーへの檄夏燕

伝令の全力疾走油照

逆転の長打迫り出す雲の峰

炎熱を弾く主審の所作の切れ

泥色の汗サードへの盗塁死

灼くる地にエース膝突くスリーラン

降板の投手自失の汗みづく

惜敗や溽暑に漬かる応援席

■準佳作

さくら貝

花房　典子

ふらここを漕ぐたび海の近づきぬ

島の展望台に恋猫とをり

磴下りる一段ごとに春怒濤

島人のまなざしぬくし島ぬくし

校長に撫でられてゐる春の猫

余寒なほ沈没船のある辺り

集落も港もふたつ春の潮

弔ひは本土や島に白き藤

渡し船来るまで探すさくら貝

見覚えの島を遠くに春惜しむ

■準佳作

待春

米元　ひとみ

壁覆ふひかりとなりて蔦若葉
真ん中に道のあつまる薔薇の園
組む足の白靴まぶしカフェテラス

大玻璃に夜景沈ませ夏の雨

力抜き九月の海でありにけり

一と漕ぎのたびに揺れゆく水の秋

木の実降る小径やワイン試飲して

歳晩の街のポケットなる茶房

雨音のやがて風音冬の夜

静けさに充ち待春の美術館

■準佳作

楽譜

三好　一彦

恋猫に隣家のショパン狂ひがち

売られゆく蜆は口を閉ぢしまま

転び寝や猫と分け合ふ春の風邪

長編を一気卯の花腐しかな

炎天に頂上のなき静寂かな

竜神は怠け者かも秋旱

木の実雨楽譜手元にあるやうに

里神楽神も大蛇も股火鉢

茶の花は静かなる花下向きに

赤牛の声のうのうと春立てリ

■準佳作

立葵

高村　蔦青

棚田邑菜の花いっぱい風いっぱい

咲くものに風来るものに蝶の昼

おろそかに主張は曲げず立葵

また別の蝶来て見張る花南瓜

葛の花手操る記憶の絡まりて

老鶯や声仕舞はねば日が暮れる

木の実落つ未だ大地に不発弾

蜩や声無く泣けば顔歪む

天界を飽きて飛び出す流れ星

あの世とは月の裏かもきっと「さう」

■準佳作

女優

名木田　純子

客席を白服埋めてゆきにけり

紅を引き涼しき顔となる女優

緞帳の上がり黙てふ涼しさに

掛香や息をととのへ袖に待つ

白上布所作より風のおこりけり

扇閉ぢ佳境に入る舞台かな

幕間に二口ほどの麦茶飲む

ヒロインの汗観客の涙かな

花束に安堵の吐息薔薇香る

喝采のカーテンコール雲の峰

■準佳作

桃二つ

三沢　正恵

この世よりあの世おもほゆ春の月

とりあへず桃二つ買ふうつつかな

二人居のさみしさにあり星朧

万緑や突然夫のゐなくなる

夫あらばあらばと過ごす十三夜

面影の老いることなし菊日和

とり返すこともう成らずそぞろ寒

秋灯の夫の手擦れの古語辞典

いのちには命の掟冬銀河

冬の虹あまたの父祖やあの人や

■準佳作

竹の秋

柏原　茂子

山越しの風に乗り来る秋茜

近道を狭めて今日の曼珠沙華

解体の水禍の家や秋桜

三叉路やどちら向いても落葉坂

木枯や橋下に舫ふ舟空ろ

こぼれ出る雑木の山の初音かな

日を散らすごとき囀り揚雲雀

それぞれの道を選ぶ子竹の秋

解体の重機の腕を蝶の超ゆ

さわさわと風くる庭や干瓢干す

■準佳作

秋桜

黒瀬　美智子

風吹けば色を重ねて秋桜

蕎麦刈って昏れ初む山の風の音

ふと風の見ゆる時あり枯すすき

踏みしめる銀杏落葉のあたたかし

燃ゆる日の落ちて無音の冬の川

久々に木々の艶やか寒の雨

まんさくや雲が動けば声となり

紅梅のとけだしさうな夕べかな

明るさを水辺に拡げ藤の花

ふる里や浜昼顔は風に向き

■準佳作

半眼

黒瀬　紘子

水無月や透析十年姉傘寿

着る色は利休鼠に藍浴衣

達筆に俊足いづこ昼寝覚

受話器より息遣ひのみ青時雨

寝たきりの舌へ一匙づつ氷菓

麦茶にも誤嚥防止のトロミ剤

明急ぐ痰吸引の管の先

仰臥して蝉の読経を窓に受く

夕焼けやあの世へ近くなる瞳

半眼の涅槃仏なり昼の月

■準佳作

会陽

勝村　博

会陽衆闇より湧いて来たりけり

裸押外気零度の夜なりけり

酒気帯びて門潜られず会陽衆

大伽藍軋む大床裸押

渦となり湯気纏れ来し裸押

裸押湯気の真中の宝木かな

宝木なき渦すぐ消えし裸押

宝木抜け力ゆるびし会陽衆

御福窓閉ざして果つる会陽かな

会陽衆四方の闇へと消えゆけり

川柳

■入　選

絶滅危惧種

十河　清

金出せば何でも揃う怖ろしや
捨てられて静かな凶器プラスチック
規制され何時か無くなる自制心

便利さに馴れて思考が停止する

冷凍で補う秋刀魚祭りとは

天災かそれとも人災ゲリラ雨

豊さの負の遺産なる温暖化

進化とは退化に戻る道らしい

人類も絶滅危惧種かも知れず

予告なく近づいて来る人類忌

■準佳作

四コマ目

宮本　信吉

正論も邪論交わす縄のれん
同意することしか出来ぬ同意欄
実印が三文判の貌になる

古本屋にも落ちている目のウロコ

核心を突かれた時は石になる

無理するな楽をするなという指図

こだわりを捨てて治った肩の凝り

消しゴムはない人生の四コマ目

米粒を拾った癖が治らない

限界の文字は知らない好奇心

■準佳作

生きた

田村　文代

原点は水車の軋む音である
約束は守る一般人で良い
この皮を破ると私は道化師

憐憫の愛なら固くお断わり

コスモスを眺める母の髪を梳く

まっとうな鏡と話し合い歩く

劣っている部分が少しだけ光る

晴天に布団を叩くみんな過去

年輪のここら最終章とする

一徹な父の煙が天を刺す

■準佳作

踏まえる

永見　心咲

自尊心なんて棄てろと鋏虫
おおかたは味方クックと鳩の向き
過信とは誰も教えてくれぬズレ

月も陽も譲り合っての夏至冬至

願い事ばかりにひるむ千羽鶴

旗畳むいつか出番の来る舳先

どう流す何をとどめる心太

曲者を飼ってプライドらしき罫

死んだ振り寝たふりしても風車

立脚地おごらず媚びず踏みしめる

■準佳作

昼の月

灰原　泰子

人の世を生きる白紙の裏表

口止めの噂を風が売りに来る

激辛なペンよ幾度火を跨ぐ

流されてあなたの杭にひっかかる

前にいる私に誰も気づかない

掌で私を少し遊ばせる

海酸漿も一本橋も遠くなり

煩悩を捨てるブランコ天に漕ぐ

大声で笑ってしまうた影法師

昼の月謎の一つがまだ解けぬ

■準佳作

願い

鳥越　舞

真備の里汗と涙を吸い尽くす
短冊を掛けた記憶のある大樹
短冊の重たそうなる子の願い

眼裏のふる里今も緑なり

水没のさなか夢見る椅子がある

もう少し願うときっと晴れてくる

神様の許しを請うて立ち上がる

止まってた時間がふいに動き出す

真備の里いま秋桜が揺れてます

しゃぼん玉ころばぬように銀河まで

■準佳作

運転免許返納

難波　扶実子

返納の車代理はバス電車
自転車の稽古わたしは高齢者
自転車の荷台に付けた丈夫籠

返納を勧めた子らも運転手

体操に自転車漕ぎを入れるとし

バスに乗るルール沢山教えられ

付き人が欲しいと思うバス利用

夕べ見た愛車懸命捜す夢

そこ迄の道が大変遠くなる

良い事も有りますバスは半額に

■準佳作

はずみ

金田　統恵

日が変わるそんなはずみで生きてきた

男運だけは良かった今ひとり

丸坊主笑顔まぶしい甲子園

キューピーの太り具合は許される

人は皆もっとの向こう見たくなる

切り干しの味がだんだん深くなる

天国へいくら切手を貼りましょう

不器用な男と食べる柏餅

肥満体同じ切符で乗ってくる

ポケットのティッシュ爆発洗濯機

■準佳作

ある二人の夏

染宮　汐里

高二の夏これで最後、とはしゃぐ君
花火見る君の横顔を眺めてる
にわか雨二人の世界傘の中

雑踏で目をひく君の浴衣姿

夜更けまで二人を繋ぐ長電話

かき氷シロップが染める君の舌

向日葵と見紛う君のその笑顔

きらきらと星降る笑顔と天の川

髪結ぶ細い頸に光る汗

帰り道並んで歩くかげぼうし

■準佳作

尖る

菅田　陽子

野にスミレ散歩の犬が歳取った

愛想の無い犬といる昼の月

菜の花の黄に負けるなスズメの子

かっこいい御下がりが好き姉がすき

相槌は打たぬオウムとすれ違う

梅たわわ梅雨という字はかびくさい

真面目ってお嫌いですかナスの花

尖るのはやめておとうふつぶれてる

まっいいか忘れた事を忘れよう

誤字当て字訂正文もまた当て字

■準佳作

とりあえず

近馬　秀嘉

目の前で選べなかった日々が笑う
生活に触らないようラップをかけ
じゃんけんに負けた訳ではありません

君の名に今は時間を取りはずす
今日私ゴミ箱なので休みます
久方ぶり電車に乗って人に酔い
お砂糖をたっぷり入れて毒も少し
もうひとつ仕事の石を積み上げて
まあまあまあ人のウワサも四十九日
「がんばろう」と「忘れないで」がキライです

審査概評

■小説A部門

今年度の小説A部門の応募総数は十九作品。応募点数に大幅な変化はなく、例年並みとはいえ、期待された増加には至らずであった。ただし点数が多ければよいというものではない。一概に応募点数の増加で今年度は良かったとは決められない。決して数と内容は比例するものではない。審査員がうれしい悲鳴を上げるほどの活気づいた作品数、と同時にどれを選べばよいか悩むほどの作品内容に出合いたいということである。審査する側も強い気合を持って挑んでいるのだから。

応募者の年齢層は二十代から七十代に及んだが、特に六十、七十代の応募者が半数以上を占めている。十代、二十代の応募意欲が高まるよう文学賞への興味を高めてもらうべく努めが必要なのかもしれない。

今回、小説A部門は該当作なしという結果に終わった。作品のジャンルは伝記もの、現代社会に即した高齢化や病をテーマにしたもの、中には要旨がわからないもの等々。テーマや舞台はどこであれ、単純に読者を引き込む作品でなければならない。読者がいることを意識して書くべきである。自己満足、自己陶酔に陥ってしまうことは避けてほしい。回想場面が多すぎたり、ストーリーを長々と説明したり、引用を増やしてむやみに字数を増やしたり、といったことは一気に読書意欲を下げてしまう。それを避けるにはどうしたらよいか。作品に生命力を宿してほしい。人物に命を吹き込んでほしい。要は作品にリアリティをもたせることである。奇抜なストーリーを描いたとしても、面白くなるか、非現実的な滑稽なものになるか、人物を活かすことが大きな分かれ道であるだろう。

小説Aは原稿用紙八十枚以内という規定だが、八十枚という枚数が短編でもなく長編でもない枚数設定に着目していただきたい。その枚数をあまり重視せず、七、八割の字数で満足している作品や、その逆もあり、なぜか八十枚以内に収められないまま、枚数オーバーしたままの作品も数点ある。制限内に収めるという規定枚数を意識し、作品を創作していくことは根本的な決まりであるが、意外にも守られていない。言うまでもないが小説を構成していく上で、その基本的な条件を根底に置いてほしい。応募枚数八十枚以内の小説Aに応募するということは、それに合わせた推敲を重ねて臨んでいくことである。当たり前のことを惜しまない気力が必要となる。来年度のさらなる挑戦に期待したい。

■小説B部門

私たちは意地悪をして賞を出し渋っているわけではない。早坂杏さんは寛容な評者だし、私もそうあろうと努めている。魅力ある作品には是が非でも賞を与えたい。今回審査員を一新したにもかかわらず小説B部門が去年に引き続き入選、佳作なしとなったのはあくまで結果的なものだ。

今年度は本部門に二十五作の応募があり、私と早坂さんは各自で全作を読み込んだ上で入選に値する作品があるかどうかを一緒に検討した。早坂さんは、実作者の観点から作品が小説になっているかどうかを重視する傾向が強い。「これは小説ではありませんね」と「基本のキができていませんね」が口癖である。一方、映画の研究者である私はいわば小説の門外漢だから「小説とは何か」という問いに対する答えは持ち合わせていないし、小説の定義は時代や社会によって簡単に変わるものだと思っている。ジェーン・オースティンが町田康を読んだら、ひょっとすると「これは小説ではありませんね」と言うかもしれない。むしろ私が評価するのは着眼点にオリジナリティーがあるか、主題や人物が十分に掘り下げられているか、文章表現に新しさがあるかといった点である。

「ペトリコール」については私も早坂さんも嗅覚と聴覚をめぐる感覚表現の卓越を認めた。思春期の疎外感や生きづらさが人並み外れて鋭敏な聴覚や嗅覚に託して表現されているが、単なる図式的な比喩に留まることなく匂いや音に対する感受性を繊細に描写している。しかしそれらに比して痛覚の描写があっさりしすぎているため、嗅覚と痛覚を結びつける重層的な感覚表現ができるようになれば一人前であろう。一方、状況の描写や場面設定の甘さ、形式面での粗などがネックとなった。それでも今後の成長に期待し、改稿指示をつけた上で「準佳作」などの形で本書に掲載できないか総合審査の横田さんと協議したが、作品に前例を覆すほどの力量がなく撃沈。過去にも数年連続で応募して入選や佳作に至った応募者は少なくないので、ぜひとも来年今回の作品を上回る傑作を応募してほしい。

「靴を揃える」は着想に魅力を感じたが主人公の動機と背景を描いた部分の構成に大いに難あり。しかも数え直してみたら枚数オーバー。「雨の中の静寂」は一応小説の体をなしてはいるものの、三面記事のような安っぽい展開が必然性に欠ける。「山椒は小粒でも」は情景の描写や津山弁のセリフが秀逸だが、小説というよりは回想録や随筆集だ。「御伽草子・蛤姫」のように古典に題材を取るのも悪くはない。ただ、もっと作者独自のひねりを利かせてほしい。また、応募作全体を通して陳腐な表現、類型的な登場人物、安易なストーリー展開、リアリティーを欠く描写が見られた。私も早坂さんも既視感のある物語は読みたくない。作者の自己満足や自己憐憫に終始している作品には共感できない。紋切型に流されてリアルな感覚をとらえそこなっている駄文には閉口する。あと、お願いだから提出前に推敲や誤字脱字の確認くらいはしてくれ。

岡山県文化連盟の有能なる事務局は応募作の文字数を手作業で確認し、本人申告の枚数と照らし合わせている。今回の二十五作の中では二割を上回る六作が枚数オーバーだった。この賞において「原稿用紙30枚以内」というのは一万二千字以内という意味ではない。二十字×二十字の原稿用紙に換算して三十枚以内である。余白を一行空ければ原稿用紙の一行ぶん字数を食う。「以内」と明記しているわけだから三十枚プラス数行は当然枚数オーバーである。また枚数に収まっている場合でも原稿用紙の使い方からやり直したほうがいい作品が数多く見られた。特にかぎかっこの用法、疑問符や感嘆符の後の一字空けなどに関しては惨憺たる有様だ。段落冒頭の字下げを省いて規定枚数に無理やり押し込んでいる応募作もあった。

私と早坂さんは枚数の換算に不一致が見られようが、原稿の形式や語法が乱れていようがとにかく作品を最後まで読んで内容の文学性を評価する。むしろ型破りな部分にこそ新しい小説の可能性があるかもしれないから、形式面にまでわざわざ苦言を呈したくはない。だがとても活字にできないレベルの乱れ、そしてそれに相関するかのような内容の未熟さを目のあたりにし、現在刊行されている小説をほとんど読んでいないのではないかと疑ってしまった。

（文責・藤城）

■随筆部門

応募数は二十五編。今年度から枚数が「十枚以上二十枚以内」とこれまでの「三十枚以内」から変更になった。枚数オーバーの作品も数点あり、全体として応募数は増えなかったが（昨年度は二十八編）作品のレベルは確実に向上した。一読して佳作以上の候補作は九作品にもなった。

しかし入選は一名である。入選をなしとし、佳作を選んでも二名。審査員二人は精読したが佳作以上に選びたい作品はどれもそれぞれに良い。こうなれば、どこかが抜きん出ている作品を入選作とする以外にないと更に熟読を迫られた。結果、「父の戦友」が入選作となった。

「父の戦友」

婿養子の夫が戦病死、未亡人となった母と再婚した父も実は再婚であった。父には先妻との間に娘があり、孫も三人いたことが父の没後に分かった。生前父は「戦友に会いに行く」と言ってよく広島に出かけた。戦友とは娘や孫たちだったのだ。舞台は昭和四十四年から始まる。戦後二十四年。戦争がからむ劇的な内容も当然あり得る。吝嗇（りんしょく）だと思っていた父の秘められた戦争の傷跡。家族関係など複雑な事象を簡潔に処理して過不足なくまとめ上げた筆力。感傷を抑えた筆致。小説を読むような意外な展開が他作品よりも一歩抜きん出た。

惜しくも選外となった五作品を紹介する。

「英魂碑の立つ丘」

県境の船坂峠の町、三石。かつては大小三十本の煙突が立ち並ぶ黒煙と粉塵の谷底の町。鉱山と山陽本線に挟まれた台地に立つ「殉職英魂碑」。殉職者の御霊をまつる慰霊碑を祀る行事が時代の推移と共に変化し、忘れ去られていく様を記録し、無言に立つ碑そのものを鎮魂する力作。

「十五少年の贈り物」

笠岡出身の森田思軒が翻訳した「十五少年漂流記」の音訳を試みた作者が最初の翻訳の原文を手に入れ、苦労しながら解読、思軒の研究を深めていく。原作は1880年に書かれたフランス人小説家ベルヌだが、漂流した少年たちが選挙でリーダーを選ぶという自治の力に驚き、日本の選挙制度の後進性との比較、この小説が大正デモクラシーの原動力になったのではないかと指摘する。

「二枚の写真」

聞き書きで母の自分史をまとめた作者。大阪の商家に生まれ、幼稚園に勤めた母は大阪時代が青春時代。病床にあっても紅潮して語る。亡くなる六日前に聞き取りは終わった。四十九日の法要の日、自分史は完成した。作者は母の骨を分骨、母のふるさと、大阪の町へ向かう。

「魂の居るところ」

羽化しない幼虫の死、脱走したハムスターの亡骸（なきがら）が校庭の隅に干からびて見つかった。教職にあった作者は生き物に魂はあるのか、どこに宿っているのかと考える。愛情をそそいでくれた父や義父も他界。その魂はどこにあるのか。感謝を伝えられない今、周りの人にありがとうということしかない。

「川柳横好き」

津山の土居哲秋は九十一歳で亡くなるまでに七十九冊の「川柳ふみかご」をノートに残した。三重県生まれで大阪育ちの岸本水府は津山に疎開した小島祝平を訪ねて度々津山に来た。小説家の田辺聖子は水府ら川柳作家と交流があり、「道頓堀の雨に別れて以来なり〜岸本水府とその時代」を書いた。津山の川柳文化を描いた力作。

他にも「発想の転換」、「美しい日本語を」「故郷」の作品も心に残った。いずれも次回の応募を期待する。

（文責・柳生）

■現代詩部門

今年度の応募者数は四十二名でした。それぞれの場所で今を生きている想いが込められていましたが、多くは状況説明に終わっていました。今年は地球温暖化、気象変動による異常な猛暑や台風、先の見えない不安感などが反映されたのでしょうか、家族への思いが募った作品が多かったように思います。

審査員二名は七、八編の候補作品を選んで来ていて、その一編一編について、検討を重ねた結果、三編ともに揃った優れた作品がなかったので、今年は入選なしと結論し、佳作二名、準佳作三名としました。
○佳作
「古書店」「古寺院」「古民家」

古書店の雰囲気が独創的で面白く、少しオーバーぎみな言葉も効果的で、ぐいぐいと迷宮に誘い込む言葉の強さは迷いがないからだろう。一連から無駄なく、リズム感もあって一気に終連まで読ませる。そしてあの人が登場することでこの詩を味わい深いものにし、作者は永遠の文学青年になるのだろう。

他の二編も簡潔な言葉の運びで、作者の個性が生かされているが、だんだんと散文調になり特に、三編目はもう少し整理したほうがいい。それでも常に過去にとどまらず、今を生きていく姿勢に好感が持てます。
○佳作
「手」「別れ」「別離」

三編とも抒情や散文を排除し独特なイメージで一行一行を立ちあがらせて、詩を構築していく手法は面白く新鮮でもあった。が、その反面難解さもある。

「手」は「別れ」「別離」への序奏でしょうか。蝶と鳥に象徴される愛は、三編の詩の中を通奏低音のように流れていて、別離までのプロセスは少し単調で、変化が乏しかったように思います。
○準佳作
「ムクゲ」「ヒマワリ」「アサガオ」

それぞれの花に寄せて、男女間の距離感や時間の経過をやさしく表現した佳品です。さり気ない会話も効果的です。ただ三編目の「アサガオ」は少し散漫になり、肺ガンという別れが唐突で、流れとして無理があるように思いました。
○準佳作
「月の喉」「岩の耳」「春の指」

まず月を呑むという発想がユニークでした。三編とも題が詩的でしたが、月を呑むとは、岩の耳や、春の指を持つとは自分にとってどういう事なのか、もっと自らの内面に問いかけていけばイメージも広がって言葉も豊富になると思います。
○準佳作
「I have a bicycle.」「青い海の島」「遺書」

言葉の出会いを喜ぶ素直な心も、沖縄の悲劇を受け止める精神も柔軟です。若い人なのでしょうか。飾らないまっすぐな言葉運びも新鮮で快活でした。

詩は自由です。多種多様な書き方があります。どんな形であれ、そこに作者がどう生きているかにあると思います。新たな飛躍や想像力を期待します。


（文責・日笠）

■短歌部門

今年は全部で八十五作品が集まった。一読して、心を鷲掴みにするような詩情のある作品に出会えなかったことが残念だった。どの作品も熱意をもって作られているのだが、十首そろって間違いのないもの（特に文法）、あるいは起承転結が考えられていてまとまりのあるもの、となると、なかなか選ぶのに苦労した。十首の中の一首にでも、詩としての香気や言霊の力を感じさせるものが欲しいと思う。選者二人で話し合って順位を決めたが残念ながら入選作はなく、今年も佳作二点ということになった。
◆佳作１「秋の雄蜂」
○秋の日に大掃除のごとく巣箱より追い出されている雄のミツバチ
作者はフェミニストなのかと思うほど、女系社会の雄という性に焦点を当てた作品が並ぶ。まだ推敲の余地のある粗削りながら、テーマの面白さと切り口の新しさを買った。
◆佳作２「それぞれの夏」
○無機質へと気配殺して糸見せず蜘蛛なかぞらに時を煮詰める
夏に季節を絞って、自身も含め様々な動植物を詠んで、バラバラなようでいて何とか全体をまとめている。歌に勢いがあり生の実感があって明るいところがいい。
◆準佳作１「感動だわ　感動だわ」
○盆の客を一輪なれど大賀蓮のうすくれなゐの花が迎へる
盆に合わせたように一輪だけ咲いた大賀蓮と京の五山

の送り火とを丁寧に詠んでいる。
◆準佳作2「運転免許証返納」
○免許返納の決め手は子らの心配か説得力か迷ひに迷ふ
車に乗るすべての高齢者の共感を得る歌であろう。自転車の練習をしている。
◆準佳作3「鳴けない夏」
○試し斬りするように書く新しい紙に「キライ」と青いインクで
若い作者だと思う。多少独りよがりの点はあるが、感性は瑞々しく好感が持てる。
◆準佳作4「シリウスの子犬」
○青空をはがして洗って凍らせて作ったようなゼリーふるふる
比喩にあちこち無理があるのだが、自分の感性を表現しようとする思いが見える。
◆準佳作5「将棋」
○羽生さんならどう指すだろう指先が震えて我は時間切れ負け
十首を全部将棋でまとめている。まだまだ推敲の余地はあるが真摯な姿勢が良い。
◆準佳作6「レプリカの埴輪」
○火の見櫓に登りし男アカペラでアリアを歌ふ考古館のそば
達者な作者である。それだけに最後の三首がネガティヴなのが気に掛かった。
◆準佳作7「秋は来にけり」
○炎天下の真昼間を来て経を読む僧の早口七分で終はる
真夏の日常の様々な場面がユーモアをもって詠まれている。楽しい十首である。
◆準佳作8「如月の雨」
○異常なしの報らせを待ちて畑にいる夫呼ぶ声は夕陽に染まる
日常の色々な場面を過不足なく詠んでいる。右の一首、「夕日に染まる」がいい。
◆準佳作9「雨の旋律」
○ひそやかな雨の旋律もう右の耳でつかめぬ音となりたり
読ませ方を知っている作者。四首目と七首目の助動詞「し」は現在形にするべき。
◆準佳作10「上つ弓張」
○電柱の影のゆらめく川なれば竪琴のやうな波音もする
詠みなれた作者である。「日回り」はやはり向日葵の方がいい。

（文責・井関）

■俳句部門

今回の応募作品は九十六点であった。審査員二名が全作品を予選し、審査当日持ち寄った。
各々の評価を話し合って総合評価し、高得点のものから、入選一点、準佳作十点を選んだ。

○入選「球児の夏」

この作品を入選とすることについては、すぐ意見の一致を見た。なによりも発想の斬新さ、表現の確かさに目を見張るものがあった。十句がうまく構成されており、季語の使い方も当を得たものであった。

柏手に主将の気迫蟬の杜
火蓋切る左腕の初球風死せり
逆転の長打迫り出す雲の峰
灼くる地にエース膝突くスリーラン

作者のまなざしは、「伝令」「応援席」にも及び、すべての句から、高校野球らしい情熱、純粋さまでが伝わってくるのは見事である。

○準佳作一「さくら貝」

立ち寄った島に心を寄せる様子が、自然にしみじみと感じられる。全体の完成度も高い。

ふらここを漕ぐたび海の近づきぬ
校長に撫でられてゐる春の猫

○準佳作二「待春」

雑誌のグラビアでも見ているように、おしゃれな美術館のたたずまいが伝わってくる。描写力の確かさ。

組む足の白靴まぶしカフェテラス
静けさに充ち待春の美術館

○準佳作三「楽譜」

十句を通じて、つい口元がほころびるようなユーモアを感じる。

転び寝や猫と分け合ふ春の風邪
里神楽神も大蛇も股火鉢

以下準佳作になった作品の中から、一句ずつ挙げておく。

また別の蝶来て見張る花南瓜　「立葵」
紅を引き涼しき顔となる女優　「女優」
とりあへず桃二つ買ふうつつかな　「桃二つ」
それぞれの道を選ぶ子竹の秋　「竹の秋」
風吹けば色を重ねて秋桜　「秋桜」
受話器より息遣ひのみ青時雨　「半眼」
渦となり湯気縺れ来し裸押　「会陽」

すべての作品から、対象に向き合う表現者としての真摯な姿勢が窺われ、気持ちよく選にあたることができた。作品のテーマも多様となり、新しい分野で新しい挑戦が試みられているのを目の当たりにしたのもうれしい発見であった。

（文責・永禮）

■川柳部門

令和元年度の応募者数は九十一名で、作品群からの印象では、少し低調な感じがした。それぞれ選んだ十五編を持ち寄り、その場でさらに全作品から、五、六編を選考し、これを含めた作品群から、入選、準佳作を選んだ。一遍ずつの評価に時間をかけた。

結果、入選は「作者の世界観、社会性さらに人間に対する見方」に、評価が一致した。

今年の作品群にも、「思い込み」「言い過ぎ」「伝わって来ない」「作り過ぎ」「題と句の不調和」など、まだ多いように感じた。

また今年に限ったことではないが、「一字空けや二字空け」の応募が、二・三編あった。「一字空けや二字空け」には、その必要性・意味性がなければならない。「一行、空けなし」が本来の句姿である。心遣いを！

○入選「絶滅危惧種」地球温暖化、異常気象、相変わらずの戦争への危機、人類に迫る危機感は半端ではない。特にこの句群には、人間の「愚かさ」「儚さ」「哀れさ」などが、作者の生き様や、想いを通して強烈に訴えてくる。作者の「見方」が突き刺さってくる。

金出せば何でも揃う怖ろしや

便利さに馴れて思考が停止する

進化とは退化に戻る道らしい

人類も絶滅危惧種かも知れず

○準佳作「四コマ目」

古本屋にも落ちている目のウロコ

核心を突かれた時は石になる

消しゴムはない人生の四コマ目

意識的にものを捕える「見方」が、自分の中で、しっかり出来ている証しだ。特に「石になる」「消しゴムはない」の「哀しさ」が。言い得ている。

○準佳作「生きた」

約束は守る一般人で良い

劣っている部分が少しだけ光る

自分をしっかりと見つめた証の句である。そして「一般人で良い」とする心根が、劣っていることへの自覚。そしてあえて前向きに生きようとする「少しだけ光る」が、この先へ前向きな生きかたを繋いでいる。

○準佳作「踏まえる」

自分の生き方を、それぞれの環境に、対処しながら、自分らしく踏みしめていこうとする心根が、素直に伝わってくる。

死んだ振り寝たふりしても風車

立脚地おごらず媚びず踏みしめる

以下　準佳作から一句
「昼の月」前にいる私に誰も気づかない
「願い」真備の里いま秋桜が揺れてます
「運転免許返納」そこ迄の道が大変遠くなる
「はずみ」人は皆もっとの向こう見たくなる
「ある二人の夏」向日葵と見紛う君のその笑顔
「尖る」まっいいか忘れた事を忘れよう
「とりあえず」今日私ゴミ箱なので休みます

（文責・前田）

■童話・児童文学部門

今年度の応募数は二十一編。審査員はそれぞれ作者の意図もかんがみながら応募作と向き合い、何度も読み直す作業を行いました。昨年度受賞作に該当する作品がなかったこともあり、何とか見つけたい一心でしたが、残念ながら今年度も選出することができませんでした。その理由を『Y字路のむこう』『地獄でスマホ』の二作品を取り上げて記してみます。

『Y字路のむこう』

勉強の出来る兄と姉、点数に厳しい母親を気にして悩む中学生を描いた作品。ペットだったネコの後を追いかけてたどり着いたのは老姉妹の家でした。どこに行くにも勉強道具を離さない中学生かすみのために、彼女らは一肌脱ぐのですが、企てたのは母親を振り向かせるための偽装誘拐でした。文中で老姉妹の豊かな人生経験が語られながら、その彼女らがとる手段が偽装誘拐では、読み手である子どもたちに発信出来ません。どこにでもいそうなかすみ、老姉妹のかもし出す味、ペットであるミントがさりげなく物語を進めていくなど共感できる点も多くあります。今後の課題として、物語の着地点をどうするかの工夫と熟考が必要でしょうか。

『地獄でスマホ』

交通事故にあって、死の淵をさまよっているぼくの魂が地獄の三つの鬼門を通り抜けて現世に帰る物語。ゲームのように軽快に鬼門を通り抜けていくぼくですが、全部じいちゃんにスマホで解答を教えてもらいます。ぼく自身が鬼と立ち向かう、つまり死と戦う踏ん張りが描かれたなら、それが伝えたいテーマとなるのではないでしょうか。

一つの物語を書き上げ応募するには、なかなかエネルギーが必要なことです。今回岡山県文学選奨に挑戦してくださった方の頑張りに大きな拍手を送ります。

その上で、作品を読んで感じたことは、「もったいないな」でした。この話はどこかにありそう、伝えたいのはなに？　と、独自性、必然性、主題など表現がぼやけたまま終わっています。

一歩深めるために、もう一度日常の営みを意識して注目しましょう。物語は私たちの日頃が舞台なのですから、ヒントや気づきが必ずあるはずです。またいろいろな童話や児童文学書を読み、作品をサークルなどで合評してもらう経験を積むことで、自己満足ではない読者が共感できる文章表現や展開へと幅を広げることができます。豊かな土に蒔いた種は大きな花を咲かせるように、心を耕すことで物語は生き生きと紡がれます。

今回応募の作品は、何度でも推敲し直して再度応募ください。ステップアップした作品を楽しみに待っています。

（文責・神崎）

岡山県文学選奨年譜一覧

昭和四十一年度（第1回）

部門	題名	入賞者名	応募者数	審査員
小説	「ふいご峠」	赤木けい子（入選）	三九	小野東 梶並訓生
詩	「土の星」「廊下」 「松」「夏の遍歴」	三沢浩二（入選） （三澤信弘）	四六	山本遺太郎 吉塚勤治
短歌	該当なし		一三五	岡崎林平 宇野善三
俳句	「雑詠」	赤沢千鶴子（入選）	二四七	谷口古杏 辻濛雨

総合審査　高山峻
松岡良明

昭和四十二年度（第2回）

部門	題名	入賞者名	応募者数	審査員
小説	「檻褸記」 「坂崎出羽守」	峰　一矢（佳作） （岡崎　速） 沖野　杏子（佳作） （原　絢子）	二四	小野　東 矢野万里
詩	「ラウゼンバーグの……ぶらさげられた靴」	藤原菜穂子（入選）	五八	山本遺太郎 永瀬清子
短歌	「夫病みて」	中島　睦子（入選）	一四六	杉　鮫太郎 岡崎林平
俳句	「雑　詠」	須並　一衛（入選）	一五四	谷口古杏 梶井枯骨

総合審査　高山　峻
松岡良明

昭和四十三年度（第3回）

部門	題名	入賞者名	応募者数	審査員
小説	「暈　囲」	礼　応仁（佳作）	三一	小野　東
	「長い堤」	山下　和子（佳作）		赤木けい子
詩	「秋のかかとが離れると」	小坂由紀子（佳作）	六四	山本遺太郎
	「花」	安達　純敬（佳作）		吉田　研一
短歌	「薔薇日記抄」	田淵佐智子（入選）	一六九	服部　忠志
				生咲　義郎
俳句	「雑　詠」	雑賀　星杖（入選）	二〇四	平松　措大
				三木　朱城

総合審査　高山　峻
松岡　良明

昭和四十四年度（第4回）

部門	題名	入賞者名	応募者数	審査員
小説	「しのたけ」	片山ひろ子（入選） （全子）	二三	小野　東 山本遺太郎
詩	「声」「水槽の中」 「水止めの上で」	なんばみちこ（入選） （難波道子）	二六	永瀬清子 坂本明子
短歌	「雑　詠」	小山　宜子（入選） （宣）	五〇	大岩徳二 小林貞男
俳句	「雑　詠」 「雑　詠」	田村一三男（佳作） 小合千絵女（佳作） （智恵子）	七〇	三木朱城 梶井枯骨

総合審査　高山　峻
松岡良明

昭和四十五年度（第5回）

部門	題名	入賞者名	応募者数	審査員
小説	「母の世界」 戯曲「鏡」	浜野　博（佳作） 富永淑子（佳作）	二一	小野　東 赤木けい子
詩	「わたしはレモンを掌にのせて」 「夜あけの炊事場で」 「薔薇のエスキス」	入江延子（入選）	三〇	永瀬清子 山本遺太郎
短歌	「無　題」	芝山輝夫（入選）	八六	服部忠志 小林貞男
俳句	「生　国」 「無　題」	竹本健司（佳作） 田上　孝（佳作）	九七	梶井枯骨 中尾吸江
川柳	「花好き」	三宅武夫（入選）	一三八	大森風来子 丸山弓削平

総合審査　高山　峻
松岡良明

昭和四十六年度（第6回）

部門	題名	入賞者名	応募者数	審査員
小説	「武将の死」（テレビ・シナリオ）	吉井川　洋（入選）（藤本勝美）	二九	小野　東 山本遺太郎
詩	地を踏みしめる三つの詩「河底の岸」「薄明」「夜の視線」	壺坂　輝代（入選）	二八	永瀬清子 坂本明子
短歌	「農のあけくれ」	寺尾　生子（入選）	一一九	小林貞男 生咲義郎
俳句	「梅はやし」	小寺　無住（入選）（清志）	一一九	中尾吸江 小寺古鏡
川柳	「白い杖」	島　洋介（入選）	一一九	丸山弓削平 大森風来子

総合審査　高山　峻
森岡常夫

昭和四十七年度（第7回）

部門	題名	入賞者名	応募者数	審査員
小説	「蒼き水流」	林 あや子（入選） （章子）	二二	小野 東 赤木 けい子
詩	まんねんろうの花 「砂漠の底にというまんねんろうの花を求めて」 「落下」「目」 飛翔への賛歌 「鳥」「根」「渇」	岡 隆夫（佳作） （古川） 井上けんじ（佳作） （憲璽）	四七	山本 遺太郎 坂本 明子
短歌	「白き斑紋」	三戸 保（入選）	一四八	生咲 義郎 上代 皓三
俳句	「無 題」 「無 題」	小池 和子（佳作） 黒住 文朝（佳作） （文三郎）	一二二	小寺 古鏡 藤原 大二
川柳	「無 題」	長谷川紫光（入選） （光寛）	一五四	逸見 灯竿 浜田 久米雄

総合審査 高山 峻
森岡 常夫

昭和四十八年度（第8回）

部門	題名	入賞者名	応募者数	審査員
小説	「ふるさとの歌」	黒田馬造（入選） （馬三）	二九	小野東 赤木けい子
詩	「夕暮のうた」「鐘乳洞で」 「直立するものとの対話」	赤木真也（佳作）	五五	山本遺太郎 入江延子
	「ひらかな」「黒い太陽」 「わらべ」	松枝秀文（佳作）		
短歌	「猿の腰掛」	かんだかくお（入選） （菅田角夫）	一五三	服部忠志 上代皓三
俳句	「藁火」	本郷潔（入選）	一二二	竹本健司 梶井枯骨
川柳	「父」	光岡早苗（入選）	一三〇	逸見灯竿 浜田久米雄

総合審査　高山峻
　　　　　森岡常夫

昭和四十九年度（第9回）

部門	題名	入賞者名	応募者数	審査員
小説	「護法実」	丸山弓削平（入選）（肇）	三三	小野東 山本遺太郎
詩	「水杯（帰国者の手紙Ⅰ）」 「ポプラ（〃Ⅱ）」 「鉄橋（〃Ⅲ）」	石蔵和紘（入選）（森本浩介）	五六	永瀬清子 入江延子
短歌	「窓辺の風」	浜崎達美（入選）	一五四	服部忠志 川野弘之
俳句	「雑詠」 「雑詠」	釼持杜宇（入選）（文彦） 細川子生（入選）（正一）	一三九	小寺古鏡 藤原大二
川柳	「無題」	東一歩（入選）	一九三	逸見灯竿 大森風来子

総合審査　高山峻
赤羽学

昭和五十年度（第10回）

部門	題名	入賞者名	応募者数	審査員
小説	「非常時」	土屋　幹雄（入選）	二二	小野　東 山本遺太郎
詩	「季　節」「土の口伝」 「壁のなかの海」	杉本　知政（入選）	六三	永瀬　清子 吉田　研一
短歌	「母逝きぬ」	花川　善一（入選）	一六九	川野　弘之 安立スハル
俳句	「黒富士」	岡　露光（入選）	一五四	小寺　古鏡 田村　萱山
川柳	「禁断の実」	高田よしお（入選）	一八七	大森風来子 水粉　千翁
童話	「夏のゆめ」	三土　忠良（入選）	四三	岡　一太 稲田　和子

総合審査　高山　峻
赤羽　学

昭和五十一年度（第11回）

部門	題名	入賞者名	応募者数	審査員
小説	「少年と馬」	船津祥一郎（入選）	二五	小野東 山本遺太郎
詩	「翼について〝蛇〟〝鳥〟」 「鶏」「めざめよと声が」	森崎昭生（入選） （昭男）	五八	吉田研一 坂本明子
短歌	「春夏秋冬」	赤沢郁満（入選）	一七八	服部忠志 安立スハル
俳句	「水光」	西村舜子（入選）	一一一	竹本健司 阿部青鞋
川柳	「乾いた傘」	西山茶花（入選） （日出子）	一四二	丸山弓削平 水粉千翁
童話	「春本君のひみつ」	松本幸子（入選）	三三	岡一太 稲田和子

総合審査　高山峻
　　　　　赤羽学

昭和五十二年度（第12回）

部門	題名	入賞者名	応募者数	審査員
小説	「吹風無双流」	難波 聖爾（入選）	二七	小野 東 山本 遺太郎
詩	声のスペクトラム 「歌う声」「励ましの声」 「答える声」	悠紀あきこ（入選） （井元明子）	五四	坂本 明子 入江 延子
短歌	「斑 鳩」	植田 秀作（入選）	一七三	服部 忠志 川野 弘之
俳句	「盆の母」	平松 良子（入選）	一四五	小寺 古鏡 梶井 枯骨
川柳	「土の呟き」	藤原 健二（入選）	一一五	丸山 弓削平 大森 風来子
童話	「マーヤのお父さん」	和田 英昭（入選）	三五	岡 一太 三土 忠良

総合審査 高山 峻
赤羽 学

昭和五十三年度（第13回）

部門	題名	入賞者名	応募者数	審査員
小説	「とこしえ橋」 「吉備《きびの》稚姫《わかひめ》」	石井　恭子（佳作） 多田　正平（佳作）	二九	小野　東 山本遺太郎
詩	「蔦のからまる家」 「鬼火のゆれる家」 「光を孕む家」	中原みどり（入選） （山上）	四四	入江延子 三沢浩二
短歌	「二十余年」	原田　竹野（入選）	一二五	生咲義郎 川野弘之
俳句	「雑　詠」	重井　燁子（入選）	一九一	竹本健司 田村萱山
川柳	「忘れ貝」	谷川　酔仙（入選） （忠廣）	一四九	大森風来子 水粉千翁
童話	「花かんむり」	石見真輝子（入選）	二九	三土忠良 稲田和子

総合審査　高山　峻
　　　　　赤羽　学

昭和五十四年度（第14回）

部門	題名	入賞者名	応募者数	審査員
小説	「五兵衛」	山名　淳（入選）（岸　正儀）	二六	小野　東 山本遺太郎
詩	「花」「夜の部屋」「月明かり」	今井　文世（入選）	六三	吉田研一 三沢浩二
短歌	「麻痺を嘆かふ」	福岡　武（入選）（武男）	一七二	生咲義郎 安立スハル
俳句	「雑　詠」	西村　牽牛（入選）（里美）	一七五	竹本健司 田村萱山
川柳	「冬の独楽」	西条　真紀（入選）（長町生子）	一五二	水粉千翁 長谷川紫光
童話（高）	「めぐみの〈子供まつり〉」	まつだのりよし（入選）（松田範祐）	二〇	三土忠良 稲田和子
童話（低）	「むしのうんどうかい」	成本　和子（入選）	三一	

総合審査　高山　峻
赤羽　学

昭和五十五年度（第15回）

部門	題名	入賞者名	応募者数	審査員
小説	「鼻ぐりは集落に眠れ」	楢崎　三平（三郎）（入選）	二八	小野　東 山本遺太郎
詩	「海からの電話」「未生の空」「透明な花」	成本　和子（入選）	六一	金光洋一郎 三沢　浩二
短歌	「臨床検査室」	中島　義雄（入選）	一七六	生咲　義郎 小林　貞男
俳句	「田　鶴」	光畑　浩（入選）	一八九	竹本　健司 中尾　吸江
川柳	「みずいろの月」 「十年夫婦」	前原　勝郎（佳作） 小橋のぼる（英昭）（佳作）	一四〇	大森風来子 長谷川紫光
童話	「流れのほとり」	坪井あき子（入選）	四九	平尾　勝彦 稲田　和子

総合審査　高山　峻
　　　　　赤羽　学

昭和五十六年度（第16回）

部門	題名	入賞者名	応募者数	審査員
小説	「つわぶき」	深谷てつよ（生咲千穂子）（佳作）	一五	小野　東 山本遺太郎
詩	「太一の詩」	森山　勇（佳作）	三三	金光洋一郎 永瀬清子
	「陣痛の時」「分娩室」「ふたり」	吉田博子（入選）		
短歌	「筆硯の日々」	鳥越典子（入選）	一四一	服部忠志 小林貞男
俳句	「雑　詠」	難波白朝（静治）（入選）	一九六	小寺古鏡 中尾吸江
川柳	「影の父」	土居哲秋（哲夫）（入選）	一四三	大森風来子 丸山弓削平
童話	「霧のかかる日」	小椋亜紀（貞子）（佳作）	三六	平尾勝彦 三土忠良
	「黄色いふうせん」	森　真佐子（佳作）		

総合審査　高山　峻
　　　　　赤羽　学

昭和五十七年度（第17回）

部門	題名	入賞者名	応募者数	審査員
小説	「つばめ」	梅内ケイ子（入選）	二二	小野東 山本遺太郎
詩	「野良道から」 「今朝、納屋壁に」 「冬の朝から」	高田千尋（入選）	四四	永瀬清子 金光洋一郎
短歌	「鎌の切れ味」	菅田節子（入選）	一三八	服部忠志 中島義雄
俳句	「雑詠」	小林千代（入選）	一四三	中尾吸江 小寺古鏡
川柳	「女」	辻村みつ子（入選）	一二三	大森風来子 水粉千翁
童話	「めぐちゃんとつるのふとん」	足田ひろ美（ひろみ）（佳作）	三六	三土忠良 成本和子
	「二人は桑畑に」	福岡奉子（佳作）		

総合審査　高山峻
　　　　　赤羽学

昭和五十八年度（第18回）

部門	題名	入賞者名	応募者数	審査員
小説	「帰郷」	長瀬加代子（佳作）	三〇	小野東 山本遺太郎
詩	オード・生命記憶 「生命記憶」「結ばれ」「夏の涙」	苅田日出美（入選）	五五	永瀬清子 三沢浩二
短歌	「機場にて」	高原康子（入選）	一二六	塩田啓二 中島義雄
俳句	「雑詠」	河野以沙緒（入選） （伊三男）	一二七	竹本健司 中尾吸江
川柳	「道しるべ」	小野克枝（入選）	九七	長谷川紫光 水粉千翁
童話	「だんまりぼくと おかしなあいつ」	八束澄子（入選）	四四	成本和子 三土忠良

総合審査　高山峻
　　　　　赤羽学

昭和五十九年度（第19回）

部門	題名	入賞者名	応募者数	審査員
小説	「氾濫現象」	山本　森（入選） （小野通男）	五〇	山本遺太郎 入江延子
現代詩	「わたしが住む場所」 「山は梅雨に入った」 「ゆめばかりで寝すごす」	木澤　豊（入選） （多田）	六〇	永瀬清子 三沢浩二
短歌	「癌を病む姉」	佐藤みつゑ（入選）	一六〇	塩田啓二 中島義雄
俳句	「藪柑子」	北山　正造（入選） （幸雄）	一七一	梶井枯骨 竹本健司
川柳	「花一輪」	吉田　浪（入選）	一一七	長谷川紫光 大森風来子
童話	「ヒロとミチコとなの花号」 「ようちえんなんか いくもんか」	足田ひろ美（佳作） （ひろみ） いわどうゆみこ（佳作） （岩藤由美子）	五五	三土忠良 成本和子

総合審査　高山　峻
赤羽　学

昭和六十年度（第20回）

部門	題名	入賞者名	応募者数	審査員
小説	「蟬」	森本　弘子（入選）	四〇	山本遺太郎　入江延子
詩	「いる」「朝に」「架ける」	境　節（佳作）（松本道子）	八〇	永瀬清子　吉田研一
	「水蜜桃(1)」「水蜜桃(2)」「水蜜桃(3)」	日笠芙美子（佳作）		
短歌	「兄の死前後」	鳥越　静子（入選）	一五二	服部忠志　中島義雄
俳句	「初　燕」	藤井　正彦（入選）	一七二	梶井枯骨　竹本健司
川柳	「花によせて」	田中　末子（入選）	一四八	大森風来子　長谷川紫光
童話	「ハーモニカを吹いて」	西田　敦子（入選）	五七	稲田和子　成本和子

総合審査　高山　峻
　　　　　赤羽　学

昭和六十一年度（第21回）

部門	題名	入賞者名	応募者数	審査員
小説	「名物庖丁正宗」	桑元　謙芳（佳作）	三七	山本遺太郎 入江　延子
現代詩	「花座標」「しぐれ模様」「植物譚」	陶山えみ子（入選） （黒田）	五五	永瀬　清子 三沢　浩二
短歌	「うつし絵の人」	白根美智子（入選）	一四七	塩田　啓二 中島　義雄
俳句	「雑　詠」	春名　暉海（入選）	一四三	小寺　古鏡 竹本　健司
川柳	「独りの四季」	中山あきを（入選） （秋夫）	一三三	大森風来子 長谷川紫光
童話	「ぼくの30点」	足田ひろ美（入選） （ひろみ）	五八	三土　忠良 成本　和子
			総合審査	片山　嘉雄 赤羽　　学

昭和六十二年度（第22回）

部門	題名	入賞者名	応募者数	審査員
小説	「表具師精二」	妹尾与三二（入選）	四一	山本遺太郎 入江延子
現代詩	「壁」「窓」「地図」	下田チマリ（入選） （佐藤知万里）	四九	三沢浩二 岡隆夫
短歌	「農に老ゆ」	六条院秀（入選） （松枝秀文）	一四三	小林貞男 塩田啓二
俳句	「雑詠」	丸尾助彦（入選）	一三四	小寺古鏡 宇佐見蘇骸
川柳	「ははよ」	尾高比呂子（佳作） （弘子）	九六	大森風来子 長谷川紫光
	「機関車よ、貨車よ」	木下草風（佳作） （戡嘉）		
童話	「春一番になれたなら」	森本弘子（入選）	三六	三土忠良 成本和子

総合審査　片山嘉雄
　　　　　赤羽学

昭和六十三年度（第23回）

部門	題名	入賞者名	応募者数	審査員
小説	「残　光」	倉坂　葉子（入選） （山下和子）	二七	入江　延子 難波　聖爾
現代詩	「エキストラ」「オカリナ」 「廃校」 「舞台」「姿勢」「鍋」	三船　主恵（佳作） 長谷川節子（佳作） （室谷）	五四	岡　隆夫 坂本　明子
短歌	「日本は秋」	飽浦　幸子（入選）	一四五	小林　貞男 安立スハル
俳句	「雑　詠」 「円空佛」	國貞たけし（佳作） （武士） 赤尾冨美子（佳作）	一四六	宇佐見蘇骸 中尾　吸江
川柳	「想　い」	小川　佳泉（入選） （佳彦）	九九	長谷川紫光 寺尾　俊平
童話	「ぼく達のＷＨ局」	吉沢　彩（入選） （山田康代）	三六	成本　和子 平尾　勝彦

総合審査　片山　嘉雄
　　　　　山本　遺太郎

平成元年度（第24回）

部門	題名	入賞者名	応募者数	審査員
小説	「アベベの走った道」	櫟元　健（入選）（河合健次朗）	三八	難波聖爾　赤木けい子
現代詩	「村」「浮く」「濁流」	田中郁子（佳作）	四六	坂本明子　金光洋一郎
	「死の形」「希望採集」「花のいけ贄」	岡田　幸子（佳作）		
短歌	「ふるさとの海」	同前　正子（入選）	一三八	小林貞男　服部忠志
俳句	「比叡の燈」	國貞たけし（入選）（武士）	一五三	中尾吸江　出井哲朗
川柳	「秋の地図」	近藤千恵子（入選）	九五	寺尾俊平　濱野奇童
童話	「なんだかへんだぞ　ペッコンカード」	いわどうゆみこ（入選）（岩藤由美子）	三四	平尾勝彦　稲田和子

総合審査　片山嘉雄　山本遺太郎

平成二年度（第25回）

部門	題名	入賞者名	応募者数	審査員
小説	該当なし		四一	赤木けい子　入江延子
現代詩	「ヘビシンザイの根」「ナスの花」「虹」	田中郁子（入選）	四七	金光洋一郎　三沢浩二
短歌	「ピノキオ」	金森悦子（入選）	一六九	服部忠志　中島義雄
俳句	「鉾杉」	中山多美枝（入選）	一七四	宇佐見蘇骸　赤尾冨美子
川柳	「葦」	寺尾百合子（入選）	一〇八	濱野奇童　大森風来子
童話	「幻のホームラン」	内田収（佳作）	三五	稲田和子　三土忠良

総合審査　片山嘉雄　山本遺太郎

平成三年度（第26回）

部門	題名	入賞者名	応募者数	審査員
小説A	「流れる」	坪井あき子（入選）	二二	入江延子
小説B	「斎場ロビーにて」	大月綾雄（佳作）	二三	難波聖爾
現代詩	「蛹」「八十八年」「自立」	岡田幸子（入選）	四二	三沢浩二 永瀬清子
短歌	「慙悸の冬」	関内惇（入選） （横山猛）	一六一	中島義雄 塩田啓二
俳句	「うすけむり」	三村紘司（入選） （宏二）	一六一	宇佐見蘇骸 赤尾冨美子
川柳	「ゆく末」	余田加寿子（入選） （神谷嘉寿子）	九六	大森風来子 長谷川紫光
童話	「トンボ」	小野信義（入選）	三三	三土忠良 成本和子

総合審査　片山嘉雄
　　　　　山本遺太郎

平成四年度（第27回）

部門	題名	入賞者名	応募者数	審査員
小説A	「星 夜」	大月 綾雄（佳作）	一九	難波聖爾
小説B	「姥ゆり」	石原 美光（美廣）（佳作）	二一	妹尾与三二
現代詩	「私は海を恋しがる」 「私という船」 「人を好きになる場所」	小椋 貞子（入選）	五七	永瀬清子 岡 隆夫
短歌	「婦長日記抄（続）」	鳥越伊津子（入選）	一三五	塩田啓二 小林貞男
俳句	「検 屍」	浦上 新樹（新一郎）（入選）	一六一	出井哲朗 細川子生
川柳	「残り火」	谷川 渥子（入選）	一〇六	長谷川紫光 西 山茶花
童話	「あと十五日」	植野喜美枝（入選）	三九	成本和子 松田範祐

総合審査 片山嘉雄 山本遺太郎

平成五年度（第28回）

部門	題名	入賞者名	応募者数	審査員
小説A	「こおろぎ」	内田　收（佳作）	一九	妹尾与三二
小説B	「秋の蝶」	大月綾雄（入選）	二八	入江延子
現代詩	「記憶の扉」「影」 「春の夢」	西川はる（入選） （森 貴美代）	四八	岡　隆夫 坂本明子
短歌	「秋日抄」	佐藤常子（入選）	一一九	小林貞男 小見山　輝
俳句	「螢　袋」	花房八重子（入選）	一五九	出井哲朗 細川子生
川柳	「温い拳骨」	本多茂允（入選） （茂）	一〇二	西　山茶花 濱野奇童
童話	「桑の実」	仁平米子（入選） （米）	四三	松田範祐 稲田和子

総合審査　片山嘉雄
三沢浩二

平成六年度（第29回）

部門	題名	入賞者名	応募者数	審査員
小説A	該当なし		二六	入江延子
小説B	「黄の幻想」	小谷　絹代（佳作）	二四	山下和子
現代詩	「年輪」「根の窟」「盆の宴」	谷口よしと（入選）（淑人）	五二	坂本明子 杉本知政
短歌	「パリ祭」	光本　道子（入選）	一三七	中島義雄 川野弘之
俳句	「太陽も花」	佐野十三男（入選）	一六二	赤尾冨美子 竹本健司
川柳	「通り雨」	関山　野兎（入選）（徹）	一〇〇	濱野奇童 寺尾俊平
童話	該当なし		四三	稲田和子 三土忠良

総合審査　片山嘉雄
三沢浩二

平成七年度（第30回）

部門	題名	入賞者名	応募者数	審査員
小説A	該当なし		二三	難波聖爾
小説B	「過ぎてゆくもの」	長尾邦加（佳作）（邦子）	四二	船津祥一郎
現代詩	「天啓」「微熱」「異空へ」	小舞真理（入選）	六一	坂本明子　金光洋一郎
短歌	「風渡る」	戸田宏子（入選）	一二一	小林貞男　中島義雄
俳句	「サハラの春」	児島倫子（入選）	一五五	竹本健司　中尾吸江
川柳	「ポケットの海」	福力明良（入選）	一一一	大森風来子　長谷川紫光
童話	「これからの僕たちの夏」	片山ひとみ（入選）	四六	三土忠良　成本和子

総合審査　片山嘉雄　三沢浩二

平成八年度（第31回）

部門	題名	入賞者名	応募者数	審査員
小説A	該当なし		一四	難波聖爾
小説B	該当なし		五一	船津祥一郎
現代詩	「ことばの地層Ｉ・言霊」「ことばの地層Ⅱ・私の上にひろがる空」「西日」	坂本遊（幸子）（佳作）	六七	金光洋一郎 杉本知政
	「十一月の朝」「薔薇が」「わたしを生かしているものの前に」	高山秋津（由城子）（佳作）		
短歌	「大氷河」	高田清香（入選）	一一二	小林貞男 塩田啓二
俳句	「サングラス」	丸尾凡（行雄）（入選）	一五〇	竹本健司 赤尾冨美子
川柳	「ひとりの旅」	則枝智子（入選）	一二九	大森風来子 土居哲秋
童話	「二人のリタ」	亀井壽子（入選）	三八	成本和子 松田範祐

総合審査　片山嘉雄　三沢浩二

平成九年度（第32回）

部門	題名	入賞者名	応募者数	審査員
小説A	「大空に夢をのせて」	一色　良宏（入選）	一九	桑元　謙芳
小説B	「初冠雪」	溝井　洋子（佳作）	四七	山本　森平
現代詩	「ブライダルベールの花が」「ささがき」「日曜日の朝」	畑地　泉（入選）	六九	杉本　知政 岡　隆夫
短歌	「老の過程」	丸尾　行雄（入選）	一〇七	塩田　啓二 中島　義雄
俳句	「風の行方」	生田　作（入選） （穎作）	一七〇	赤尾冨美子 宇佐見蘇骸
川柳	「雑　詠」	小澤誌津子（入選） （志津子）	一四一	土居　哲秋 寺尾　俊平
童話	「タコくん」	北村　雅子（入選）	四三	松田　範祐 稲田　和子

総合審査　片山　嘉雄
三沢　浩二

平成十年度（第33回）

部門	題名	入賞者名	応募者数	審査員
小説A	該当なし		二〇	桑元謙芳
小説B	該当なし		四五	山本森平
現代詩	「三十分前」「オレンジロード」 「いそぎんちゃく」	片山ひとみ（入選）	六七	岡　隆夫 なんば　みちこ
短歌	「ゑのころ草」	野上洋子（入選）	一二二	中島義雄 直木田鶴子
俳句	「水ねむらせて」	後藤先子（入選）	一六六	宇佐見蘇骸 平松良子
川柳	「嵐の夜」	柴田夕起子（入選）	一二六	長谷川紫光 土居哲秋
童話	「テトラなとき」	村井　恵（入選）	四七	稲田和子 足田ひろ美

総合審査　片山嘉雄
三沢浩二

平成十一年度（第34回）

部門	題名	入賞者名	応募者数
小説A	「じじさんの家」	長尾 邦加（邦子）（入選）	三一
小説B	「イモたちの四季」	小野 俊治（佳作）	四〇
	「猫の居場所」	坂本 遊（幸子）（佳作）	
現代詩	「礼の道しるべ」「石竜は眠る」 「あげは蝶幻夢」	日笠 勝巳（入選）	五二
短歌	「樹木と私」	勝瑞夫己子（入選）	一一八
俳句	「山に雪」	栗原 洋子（入選）	一六一
川柳	「母の伏せ字」	堀田浜木綿（幸子）（入選）	一三四
童話（高）	「コウちゃんのおまもり」	水木 あい（水川かおり）（入選）	三九

審査員

難波聖爾
横田賢一
山本森平
片山ひろこ
なんばみちこ
坂本明子
直木田鶴子
吉崎志保子
平松良子
竹本健司
長谷川紫光
濱野奇童
足田ひろ美
三土忠良

総合審査　片山嘉雄
三沢浩二

平成十二年度（第35回）

部門	題名	入賞者名	応募者数	審査員
小説A	「父」	藤田澄子（入選）	二〇	難波聖爾 船津祥一郎 横田賢一 山本森平 坂本明子 秋山基夫 吉崎志保子 塩田啓二 竹本健司 赤尾冨美子 濱野奇童 西条真紀 三土忠良 成本和子
小説B	「見えないザイル」	島原尚美（佳作）	五四	
現代詩	「バイオアクアリウム」「蛍」 「さまざま家」	山田輝久子（入選）	五五	
短歌	「月の輪郭」	岡本典子（入選）	九七	
俳句	「大根」	前田留菜（入選） （セツ子）	一五七	
川柳	「遠花火」	谷智子（入選）	一二一	
童話（高）	「ばらさんの赤いブラウス」	永井群子（佳作）	三一	
童話（高）	「ランドセルはカラス色」	堀江潤子（佳作）		

総合審査　片山嘉雄
　　　　　三沢浩二

平成十三年度（第36回）

部門	題名	入賞者名	応募者数	審査員
小説A	「それぞれの時空」	早坂　杏（入選） （延谷由加里）	二五	船津祥一郎 横田賢一
小説B	「ミロ」	為房梅子（佳作）	四五	大月綾雄
	「ニライカナイ」	川井豊子（佳作）		長尾邦加
現代詩	「いつかの秋」「船」	合田和美（入選）	五六	秋山基夫
	「空飛ぶ断片　FLYING FRAGMENTS」			岡　隆夫
短歌	「夫の急逝」	濵田みや子（入選）	一〇四	塩田啓二 中島義雄
俳句	「まなざし」	光吉高子（入選）	一六八	赤尾冨美子 平　春陽子
川柳	「亡友よ」	東　おさむ（入選） （修二）	一一五	土居哲秋 西条真紀
童話（低）	「五ひきの魚」	永井群子（佳作）	四二	成本和子
	「ハクモクレンのさくころ」	玉上由美子（佳作）		稲田和子

総合審査　片山嘉雄
三沢浩二

平成十四年度（第37回）

部門	題名	入賞者名	応募者数	審査員
小説A	「母の秘密」	片山　峰子（入選）	三二	難波　聖爾 山本　森平
小説B	「母の遺言」	長瀬加代子（入選）	五六	大月　綾雄 長尾　邦加
現代詩	「箱をあけられない ―マザーグース風に―」 「つくばい」「しだれ桜の樹の下で」	河邉由紀恵（入選）	七三	秋山　基夫 なんば　みちこ
短歌	「病室の窓」	勝山　秀子（入選）	一一一	中島　義雄 飽浦　幸子
俳句	「空容れて」	山本　二三（入選）	一七一	平　春陽子 竹本　健司
川柳	「サンタ来る」	井上　早苗（入選）	九九	土居　哲秋 長谷川　紫光
童話（高）	「アップルパイよ、さようなら」	藤原　泉（佳作）	六一	稲田　和子
童話（低）	「記憶どろぼう」	長瀬加代子（佳作）		あさの　あつこ

総合審査　三沢　浩二
　　　　　岡　　隆夫

平成十五年度（第38回）

部門	題名	入賞者名	応募者数	審査員
小説A	「サクラ」	宮井　明子（佳作）	二五	難波　聖爾 山本　森平
小説B	「旅人の墓」	白神由紀江（佳作）	四四	長尾　邦加 片山　峰子
現代詩	「時分時《ジブンドキ》」 「破水」 「俯瞰」	長谷川和美（入選）	五十	なんば・みちこ 山田　輝久子
短歌	「祈りむなしく」	池田　邦子（入選）	九八	飽浦　幸子 能見　謙太郎
俳句	「何に追はれて」	吉田　節子（入選）	一五二	竹本　健司 柴田　奈美
川柳	「桜いろの午後」	江尻　容子（入選）	一〇六	長谷川　紫光 石部　明
童話（高）	「蛍のブローチ」	川島　英子（入選）	四一	足田　ひろ美 松田　範祐

総合審査　三沢　浩二
　　　　　岡　隆夫

平成十六年度（第39回）

部門	題名	入賞者名	応募者数	審査員
小説A	該当なし		二六	船津祥一郎 横田賢一
小説B	「骨の行方」	諸山　立（入選） （松本　勝也）	四二	大月綾雄 片山峰子
現代詩	「パン屋・ガランゴロン」 「あきまにゅある」 「ばらばい」	みごなごみ（入選） （岡田　和也）	五二	山田輝久子 瀬崎　祐
短歌	「夕映え」	難波　貞子（入選）	九七	塩田啓二 能見謙太郎
俳句	「夏の果」	古川　麦子（入選） （美恵子）	一二九	竹本健司 柴田奈美
川柳	「遠景」	草地　豊子（入選）	一〇〇	岡田千茶 石部　明
童話（高）	「杉山こうしゃく」	山田千代子（入選）	四四	足田ひろ美 松田範祐

総合審査　三沢浩二
　　　　　岡　隆夫

平成十七年度（第40回）

部門	題名	入賞者名	応募者数	審査員
小説A	該当なし		一九	船津祥一郎 横田賢一
小説B	「蛍」 「ごんごの淵」	江口　佳延（佳作） 石原　美光（佳作） （美廣）	五六	大月綾雄 山本森平
現代詩	「瓶の蓋」 「二途」 「変異」	長谷川和美（入選）	五〇	今井文世 瀬崎　祐
短歌	「数字」	大熨　允子（入選）	一〇二	塩田啓二 石川不二子
俳句	「蕎麦の花」 「雛の市」	利守　妙子（佳作） 藤原美恵子（佳作）	一三六	平松良子 花房八重子
川柳	「昏の夕景色」	西村みなみ（入選） （美智子）	九四	岡田千茶 土居哲秋
童話（低）	「ようこそ　からオケハウスへ」 「風の電話」	片山ひとみ（佳作） 永井　群子（佳作）	四五	三土忠良 成本和子

総合審査　三沢浩二
　　　　　岡　隆夫

平成十八年度（第41回）

部門	題名	入賞者名	応募者数	審査員
小説A	「水底の街から」	諸山　立（入選） （松本勝也）	一六	難波聖爾 山本森平
小説B・随筆	「遺伝染色体の雨の中で啓示を待つ」—工藤哲巳さんの想い出— 「呼び声」	中川　昇（佳作） 谷　敏江（佳作）	四五	大月綾雄 片山峰子
現代詩	「川」「雨」「箒」	斎藤恵子（入選）	五九	今井文世 壷阪輝代
短歌	「足袋の底裂きて」	奥野嘉子（入選）	九四	石川不二子 能見謙太郎
俳句	「古備前」	笹井　愛（入選） （愛子）	一三九	平松良子 花房八重子
川柳	「洗い髪」	萩原安子（入選）	九八	土居哲秋 長谷川紫光
童話（高）	「白いコスモス」	中嶋恭子（入選） （中島恭子）	三四	三土忠良 成本和子

総合審査　塩田啓二
　　　　　岡　隆夫

平成十九年度（第42回）

部門	題名	入賞者名	応募者数	審査員
小説A	「沼に舞う」	江口ちかる（佳作）（佳延）	二〇	難波聖爾 山本森平
	「かわりに神がくれたもの」	古井らじか（佳作）（宮井明子）		
小説B・随筆	「田舎へ帰ろう」	石原　美光（入選）（美廣）	五三	片山峰子 諸山　立
現代詩	「燐寸を擦る」「蚊帳が出てきた」「音」	高山　秋津（入選）（由城子）	三七	沖長ルミ子 壷阪輝代
短歌	「暮れきるまでに」	三皷奈津子（入選）	一一六	飽浦幸子 能見謙太郎
俳句	「山笑ふ」	金尾由美子（入選）	一三一	大倉祥男 竹本健司
川柳	「珈琲」	河原　千壽（入選）（千壽子）	一〇七	石部　明 長谷川紫光
童話（高）	「オーケストラ」	角田みゆき（入選）	四一	八束澄子 和田英昭

総合審査　岡　隆夫
塩田啓二

平成二十年度（第43回）

部門	題名	入賞者名	応募者数	審査員
小説A	該当なし		二三	山本森平
				横田賢一
小説B・随筆	「約束」	藤原師仁（佳作）	六四	諸山立
				柳生尚志
現代詩	「溯る旅」「朝と万華鏡」「テレビのない夜の、モノクロームなネガ」「スモークリング」「ウォージェネレーション」「ブラック アンド ホワイト」	川井豊子（佳作）	三八	沖長ルミ子
		風守（佳作）（別府慶二）		蒼わたる
短歌	「幸せの裸の十歳」	田路薫（入選）	一〇九	飽浦幸子
				岡智江子
俳句	「銀河」	広畑美千代（入選）	一三一	大倉祥男
				柴田奈美
川柳	「汽車走る」	江口ちかる（入選）（佳延）	一〇七	石部明
				草地豊子
童話（高）	「さよなら〝ろくべさん〟」	しおたとしこ（佳作）（塩田鋭子）	三七	八束澄子
	「となりのあかり」	なんばゆりこ（佳作）（中原百合子）		和田英昭

総合審査　岡隆夫
竹本健司

平成二十一年度（第44回）

部門	題名	入賞者名	応募者数	審査員
小説A	「光の中のイーゼル」	古井らじか（入選） （宮井　明子）	三四	諸山　立 横田賢一
小説B・随筆	「岬に立てば」	久保田三千代（入選）	四九	藤田澄子 柳生尚志
現代詩	熱帯魚「天地」「泡沫」「廃用」	高山　広海（佳作） （田中　淳一）	四五	瀬崎　祐 蒼　わたる
	「塩沼」「井戸」「学校」	タケイリエ（佳作） （池田　理恵）		
短歌	「理容業」	岸本　一枝（入選）	一二〇	石川不二子 岡　智江
俳句	「牛飼」	曽根　薫風（入選） （薫）	一三七	柴田奈美 永禮宣子
川柳	「人形の目」	練尾　嘉代（入選）	一一三	草地豊子 西川けんじ
童話（高）	「兄ちゃんの運動会」	おかざきこまこ（佳作） （岡崎こま子）	二八	成本和子 森本弘子
	「いやし屋」	柳田三侑希（佳作） （幸）		

総合審査　岡　隆夫
竹本健司

平成二十二年度（第45回）

部門	題名	入賞者名	応募者数	審査員
小説A	「大砲はまだか」	武田　明（佳作）	二二	諸山　立 山本森平
小説B	「愛の夢　第三番」	観手　歩（入選） （山口　真澄）	二六	片山峰子 神崎照子
随筆	「姉」	為房梅子（入選）	三三	藤田澄子 柳生尚志
現代詩	「詩人」「彫刻家」「叔父」 「しょいこ」「オンターメンター」 「町工場の灯」	岡本耕平（佳作） 大池千里（佳作）	四二	瀬崎　祐 日笠芙美子
短歌	「母の弁当」	萩原碧水（入選） （文彦）	一三六	能見謙太郎 村上章子
俳句	「残心」	十河　清（入選）	一三二	永禮宣子 平松良子
川柳	「逆ス」	渡辺春江（入選）	一〇九	河原千壽 西川けんじ
童話（低）	「サバとばあばときたかぜと」	神崎八重子（入選）	三六	成本和子 森本弘子

総合審査　岡　隆夫
竹本健司

平成二十三年度（第46回）

部門	題名	入賞者名	応募者数
小説A	該当なし		一七
小説B	該当なし		二七
随筆	「棚田」	神崎八重子（佳作）	三五
現代詩	「蜘蛛」「分娩」「牧場」	倉臼 ヒロ（佳作） （山岸 広）	四六
短歌	「約束」「潜水」「初夏」 「合歓の花咲く」 「送り火」	大島 武士（佳作） 山口紀久子（佳作） 浅野 光正（佳作）	一四〇
俳句	「吾亦紅」	木下みち子（入選）	一四三
川柳	「百葉箱」	長谷川柊子（入選） （和美）	九九
童話（高）	「サクラサク」	なかたにたきえ（佳作） （中谷竜江）	三二

審査員

世良利和
山本森平
神﨑照子
森本弘子
奥富紀子
片山ひとみ
髙田千尋
日笠芙美子
能見謙太郎
村上章子
平春陽子
平松良子
石部明
河原千壽
八東澄子
和田英昭

総合審査　瀬崎祐
竹本健司

平成二十四年度（第47回）

部門	題名	入賞者名	応募者数
小説A	該当なし		一八
小説B	「メリーゴーランド」	古井らじか（入選）	二六
随筆	「波動」	宮長　弘美（佳作）	二八
現代詩	「贈物」「詩人」「火事」	岡本　耕平（佳作）	四四
短歌	「プラム」「おしゃべり」「タイヤ飛び」	武田　理恵（佳作）	
	「明日を信じむ」	野城紀久子（入選）	九一
俳句	「晩夏」	綾野　静恵（入選）	八二
川柳	「つぶやき」	灰原　泰子（佳作）	七二
	「今を生きる」	工藤千代子（佳作）	
童話（低）	「くまくん」	なかがわゆみこ（佳作）	三一
童話（高）	「かげぼっち」	あさぎたつとし（佳作）	

審査員

世良利和
横田賢一
森本弘子
山本森平
片山ひとみ
熊代正英
斎藤恵子
髙田千尋
岡　智江
古玉従子
柴田奈美
平　春陽子
石部　明
久本にい地
八束澄子
和田英昭

総合審査　瀬崎　祐
　　　　　竹本健司

平成二十五年度（第48回）

部門	題名	入賞者名	応募者数	審査員
小説A	該当なし		一七	世良利和 横田賢一
小説B	「わだかまる」 「ハナダンゴ」	笹本敦史（佳作） 神崎八重子（佳作）	二一	森本弘子 山本森平
随筆	「耳を澄ませば―明石海人を偲んで―」	片尾幸子（佳作）	三〇	奥富紀子 片山ひとみ
現代詩	「早春の山里」「予定調和の夏」「木守柿」	高山広海（佳作）	三四	斎藤恵子 高田千尋
短歌	「とうもろこし」「キャベツ」「そら豆」 「シベリア巡拝」	中尾一郎（佳作） 土師世津子（入選）	八二	岡智江 古玉従子
俳句	「文化の日」	江尻容子（入選）	八六	柴田奈美 平春陽子
川柳	「紆余曲折」	三宅能婦子（入選）	九八	小澤誌津子 久本にい地
童話（低）	「おねがい　ナンジャモンジャさま」	玉上由美子（佳作）	二二	八束澄子
童話（高）	「Ｔｅｎ―特別な誕生日」	なかたにたきえ（佳作）		和田英昭

総合審査　瀬崎祐
竹本健司

平成二十六年度（第49回）

部門	題名	入賞者名	応募者数
小説A	該当なし		一三
小説B	該当なし		二二
随筆	「雀の顔」	横田　敏子（入選）	三八
現代詩	「どこまででん」「けだものだもの」「げんげのはな」	岡本　耕平（入選）	四五
短歌	「われは見て立つ」	近藤　孝子（入選）	一〇六
俳句	「魔方陣」	工藤　泰子（入選）	九五
川柳	「千の風」	大家　秀子（入選）	七六
童話（高）	「タンポポさんのリモコン」	石原　埴子（佳作）	三三

審査員

古井らじか　横田賢一　世良利和　諸山立　有木恭子　熊代正英　斎藤恵子　壺阪輝代　関内惇　村上章子　柴田奈美　花房八重子　小澤誌津子　久本にい地　片山ひとみ　村中李衣

総合審査　瀬崎祐　山本森平

平成二十七年度（第50回）

部門	題名	入賞者名	応募者数
小説A	「ヘビニマイル」	長谷川竜人（入選）	二八
小説B	「塩の軌跡」	西田恵理子（佳作）	三四
随筆	「おもしろかったぞよう」	村田　暁美（佳作）	三五
現代詩	「山桜」「公園のベンチにて」「CT画像の中に」	山本　照子（入選）	三九
短歌	「彼の蝶」	三沢　正恵（入選）	一一四
俳句	「不戦城」	塚本　早苗（入選）	一〇九
川柳	「風のアドバイス」	福力　明良（入選）	一〇六
童話・児童文学	「くつした墓場のおはなし」	片山ふく子（佳作）	二六

審査員

古井らじか　三木恒治　世良利和　諸山立　有木恭子　奥富紀子　壺阪輝代　森崎昭生　関内惇　村上章子　曽根薫風　花房八重子　恒弘衛山　西村みなみ　片山ひとみ　村中李衣

総合審査　瀬崎祐　山本森平

平成二十八年度（第51回）

部門	題名	入賞者名	応募者数	審査員
小説A	「阿曽女《あぞめ》の春」	西田恵理子（佳作）	一六	古井らじか
小説B	「羽化」	高取　実環（佳作）		三木　恒治
	「綿摘」	島原　尚美（入選）	一四	江見　肇
				世良　利和
随筆	「二十歳への祝電」	山本　照子（入選）	二一	有木　恭子
				小野雲母子
現代詩	「影」「池」「彼岸花」	武田　章利（佳作）	三四	壺阪　輝代
	「忘れ貝の住む渚」「桜の季節」「ながーいおはなし」	三村　和明（佳作）		森崎　昭生
短歌	「圏外」	三浦　尚子（佳作）	九九	野上　洋子
	「陋巷にあり」	土師　康生（佳作）		平井　啓子
俳句	「オリーブの丘」	坂本美代子（入選）	一一六	曽根　薫風
				花房八重子
川柳	「ピエロの帽子」	安原　博（入選）	九三	北川　拓治
				西村みなみ
童話・児童文学	「僕《ぼく》ん家《ち》の猫《ねこ》」	岡本　敦子（佳作）	二一	片山ひとみ
				村中　李衣

総合審査　瀬崎　祐
　　　　　山本森平

平成二十九年度（第52回）

部門	題名	入賞者名	応募者数
小説A	「人魚姫の海」	安住　れな（佳作）	二六
小説B	「見えないもの」	早坂　杏（佳作）	二三
随筆	該当なし		二六
現代詩	「介護老人保健《ろうけん》施設にて」「巡回」「とむらひ」	田中　淳一（入選）	三七
短歌	「港町・夏」	林　良三（入選）	一〇五
俳句	「汗滂沱」	馬屋原純子（入選）	一一六
川柳	「平和」	原　洋一（入選）	八九
童話・児童文学	「アキラの日」	まひろ亜希（佳作）	二〇
	「赤いピアノとおばあちゃん」	岩井　悦子（佳作）	

審査員
三木恒治　横田賢一　江見肇　古井らじか　有木恭子　小野雲母子　河邉由紀恵　森崎昭生　野上洋子　平井啓子　曽根薫風　永禮宣子　北川拓治　前田一石　村中李衣　森本弘子

総合審査　瀬崎祐
山本森平

平成三十年度（第53回）

部門	題名	入賞者名	応募者数
小説A	該当なし		二〇
小説B	該当なし		二九
随筆	「五百円札の記憶」	鷲見　京子（佳作）	二八
	「あはれ花びらながれ～達治をたずねて」	三村　和明（佳作）	
現代詩	「蟻」「棘」「泡」	田中　享子（入選）	三五
短歌	「丸い夜」	雨坂　　円（佳作）	八七
	「鬼押し出し」	宮本加代子（佳作）	
俳句	「大出水」	妹尾　光洋（入選）	一〇三
川柳	「島時間」	しばたかずみ（入選）	八六
童話・児童文学	該当なし		一六

審査員

早坂杏　横田賢一　有木恭子　古井らじか　小野雲母子　柳生尚志　河邉由紀恵　日笠芙美子　井関古都路　村上章子　柴田奈美　永禮宣子　北川拓治　前田一石　神崎八重子　森本弘子

総合審査　瀬崎　祐　山本森平

令和元年度（第54回）

部門	題名	入賞者名	応募者数	審査員
小説A	該当なし		一九	有木恭子 奥富紀子 早坂杏 藤城孝輔 柳生尚志 久保田三千代 河邉由紀恵 日笠芙美子 井関古都路 村上章子 柴田奈美 永禮宣子 前田一石 野島全 神﨑八重子 森本弘子
小説B	該当なし		二五	
随筆	「父の戦友」	松村和久（入選）	二五	
現代詩	「古書店」「古寺院」「古民家」	松村和久（佳作）	四二	
	「手」「別れ」「別離」	岡崎浩志（佳作）		
短歌	「秋の雄蜂」	岡田耕平（佳作）	八五	
	「それぞれの夏」	大武千鶴子（佳作）		
俳句	「球児の夏」	山本一穂（入選）（繁）	九六	
川柳	「絶滅危惧種」	十河清（入選）	九一	
童話・児童文学	該当なし		二一	

総合審査　瀬崎祐
横田賢一

第17回　おかやま県民文化祭
第54回　岡山県文学選奨募集要項

1　趣　　旨　　県民の文芸創作活動を奨励し、もって豊かな県民文化の振興を図る。
2　主　　催　　岡山県、(公社) 岡山県文化連盟、おかやま県民文化祭実行委員会
3　募集部門・賞・賞金等

募集部門（一人あたりの応募点数）	賞及び賞金
(1) 小説A（一人　1編） 原稿用紙80枚以内	入選　1名：15万円 （入選者がいない場合、佳作2名以内：各7万5千円）
(2) 小説B（一人　1編） 原稿用紙30枚以内	入選各1名：10万円 （入選者がいない部門については、佳作2名以内：各5万円） ※今回から(3)随筆 及び(8)童話・児童文学の応募規定の変更あり。 ※ 準佳作：(4)現代詩は3名以内、(5)短歌、(6)俳句、(7)川柳は10名以内。
(3) 随　筆（一人　1編） 原稿用紙10枚以上20枚以内	
(4) 現代詩（一人　3編　1組）	
(5) 短　歌（一人　10首　1組）	
(6) 俳　句（一人　10句　1組）	
(7) 川　柳（一人　10句　1組）	
(8) 童話・児童文学（一人　1編） 童　話…原稿用紙10枚以内 児童文学…原稿用紙30枚以内	

4　募集締切　　**令和元年8月31日（土）** 当日消印有効
※ 応募作品を直接持参する場合は、火曜日～土曜日の午前9時～午後5時の間、天神山文化プラザ3階の事務局で受け付ける。

5　発　　表　　**令和元年11月中旬（新聞紙上で発表予定）**
※ 岡山県及び岡山県文化連盟のホームページに掲載する。
※ 審査の過程・結果についての問い合わせには応じない。
※ 入選・佳作作品及び準佳作作品については、作品集「岡山の文学」（令和2年3月下旬発刊予定）に収録する。

6　応募資格・応募規定等

応募資格	**①岡山県内在住・在学・在勤者（年齢不問）** **②過去の入選者は、その入選部門には応募できない。** 平成2年度までの小説部門入選者は、小説A、小説B、随筆いずれにも応募できない。また、これまでの小説B部門及び小説B・随筆部門の入選者は小説B、随筆に応募できない。
応募規定	**①未発表の創作作品であること。** 同人誌への発表作品も不可とする。ただし、小説A、小説B、随筆部門については、平成30年9月1日から令和元年8月31日までの同人誌への発表作品は可とする。 **②他の文学賞等へ同一作品を同時に応募することはできない。**
応募上の注意事項等	①A4サイズの400字詰縦書原稿用紙を使用すること（特定の結社等の原稿用紙は不可）。パソコン・ワープロ原稿も可（応募用紙の（注）を参照） ②手書きの場合は、黒のボールペン又は万年筆で読みやすく、丁寧に書くこと（応募用紙の（注）を参照）。 ③原稿には部門及び題名のみを記入し、氏名（筆名）は記入しないこと。 ④所定の事項を明記した応募用紙を同封すること（のり付けしない）。 ⑤応募作品は最終作品としてとらえ、提出後の差し換えは認めない。また、誤字・脱字、漢字、文法、史実上の間違いも審査の対象とする。 ⑥参考文献からの引用がある場合は出典を明記すること。無断引用（盗用）、盗作等による著作権侵害の争いが生じても、主催者は責任を負わない。 ⑦応募作品は、岡山県の出版物等に無償で利用できるものとする。 ⑧応募作品は一切返却しない。

7　審査員
（敬称略）

小説A	有木　恭子・奥富　紀子	俳　句	柴田　奈美・永禮　宣子
小説B	早坂　杏・藤城　孝輔	川　柳	前田　一石・野島　全
随　筆	柳生　尚志・久保田三千代	童話・児童文学	神﨑八重子・森本　弘子
現代詩	河邉由紀恵・日笠芙美子	総　合	瀬崎　祐・横田　賢一
短　歌	井関古都路・村上　章子		

8　応募作品　　〒700-0814　岡山市北区天神町8-54
送付先（事務局）　　（公社）岡山県文化連盟内 岡山県文学選奨係　TEL（086）234-2626

［応　募　用　紙］

すべての欄に記入すること。

応募部門 応募部門を○で囲む	■小説A（一人1編）　■小説B（一人1編）　■随　筆（一人1編） ■現代詩（一人3編1組）　■短　歌（新仮名遣い・旧仮名遣い）（一人10首1組） ■俳　句（一人10句1組）　■川　柳（一人10句1組）　■童話・児童文学（一人1編）		
作品名	（　枚） ●小説A、小説B、随筆及び童話・児童文学部門は、(　)内に、400字詰原稿用紙換算枚数を記入 ●現代詩は、順番をつけて3編の題名を順番に3編とも記入 ●短歌、俳句、川柳は、10首（句）まとめての題名を1つ記入		
ふりがな 作者名	※筆名（ペンネーム）を使用している場合は、筆名を記入		
ふりがな 本名	※筆名（ペンネーム）を使用していない場合は、無記入でよい		
住所	〒 TEL　（　）		
学校名 会社名	※県外在住者のみ記入	所在地	
生年月日	明治・大正 昭和・平成　年　月　日（　歳）		

（注）①原稿には部門名及び題名のみを記入。氏名（筆名）は記入しないこと。
②原稿用紙は、A4サイズ400字詰めを使用し、綴じないこと。
③パソコン、ワープロを使用の場合も、A4で文字サイズは12ポイント程度とする。（1頁ごとの文字数は特に定めない）最終頁に400字詰換算枚数を明記すること。
④手書きの場合は、黒のボールペン又は黒の万年筆を使用し、必ず楷書で記入すること。鉛筆、ブルーブラック又は青のボールペン、万年筆は使用しない。
⑤短歌部門は、原稿用紙1枚に10首を収め、枠外の右下に新仮名遣い・旧仮名遣いの別を明記すること。
・上記①～⑤を満たしていない作品については、原則として受け付けない。

応募作品送付先（事務局）　〒700-0814　岡山市北区天神町8-54（公社）岡山県文化連盟内
岡山県文化選奨係　TEL（086）234-2626

＜個人情報の取扱いについて＞応募者の個人情報は、入選等の通知など本事業のみに使用する。

岡山の文学
― 令和元年度岡山県文学選奨作品集 ―

令和2年3月31日　発行

企画・発行　岡　山　県
おかやま県民文化祭実行委員会
事務局・公益社団法人　岡山県文化連盟
岡山市北区天神町8-54　岡山県天神山文化プラザ内(〒700-0814)
電話 086-234-2626
http://www.o-bunren.jp　Email bunkaren@o-bunren.jp

発　　売　吉備人出版
岡山市北区丸の内2丁目11-22(〒700-0823)
電話 086-235-3456
http://www.kibito.co.jp　Email books@kibito.co.jp

印　　刷　富士印刷株式会社
岡山市中区桑野516-3(〒702-8002)

ISBN978-4-86069-617-7 C0095
定価はカバーに表示してあります。乱丁・落丁はお取り替えいたします。